Quando tudo faz sentido

Quando tudo faz sentido

AMY ZHANG

TRADUÇÃO DE **JOANA FARO**

ROCCO
JOVENS LEITORES

Título original
FALLING INTO PLACE

Este livro é uma obra de ficção. As referências a pessoas reais, acontecimentos, estabelecimentos, organizações ou locais são destinadas apenas a proporcionar uma sensação de autenticidade e foram usadas a fazer desenvolver a narrativa ficcional.

Copyright © 2014 *by* Amy Zhang
Todos os direitos reservados.

Nenhuma parte desta obra pode ser reproduzida ou transmitida por qualquer forma ou meio eletrônico ou mecânico, inclusive fotocópia, gravação ou sistema de armazenagem e recuperação de informação, sem a permissão escrita do editor.

Edição brasileira brasileira publicada mediante acordo com a HarperCollins Children's Books, uma divisão da HarperCollins Publishers.

Direitos para a língua portuguesa reservados
com exclusividade para o Brasil à
EDITORA ROCCO LTDA.
Av. Presidente Wilson, 231 – 8º andar
20030-021 – Rio de Janeiro – RJ
Tel.: (21) 3525-2000 – Fax: (21) 3525-2001
rocco@rocco.com.br
www.rocco.com.br

Printed in Brazil/Impresso no Brasil

Preparação de originais
NINA LUA

CIP-Brasil. Catalogação na fonte.
Sindicato Nacional dos Editores de Livros, RJ.

Z61q
    Zhang, Amy
        Quando tudo faz sentido / Amy Zhang; tradução de Joana Faro. – 1ª ed. – Rio de Janeiro: Rocco Jovens Leitores, 2017.

        Tradução de: Falling into place
        ISBN 978-85-798-0342-0 (brochura)
        ISBN 978-85-798-0349-9 (e-book)

        1. Ficção chinesa. I. Faro, Joana. II. Título.

16-38687   CDD–895.13
                                                           CDU–821.581-3

O texto deste livro obedece às normas do
Acordo Ortográfico da Língua Portuguesa.

Para Chris e Sophie.
Quando disse que não ia dedicar este livro a vocês, eu menti.
Claro que é para vocês.

LEIS DE NEWTON

Primeira Lei
Um corpo em repouso permanecerá em repouso, e um corpo em movimento permanecerá em movimento em velocidade constante, a não ser que seja influenciado por uma força.

Segunda Lei
Força é igual à mudança do movimento (mV) por um espaço de tempo. Para uma massa constante, força é igual a massa vezes aceleração (F = ma).

Terceira Lei
Para toda ação há uma reação oposta e de intensidade igual.

CAPÍTULO UM
Leis de Newton

No dia em que Liz Emerson tenta morrer, a aula de física tinha sido uma revisão das Leis de Newton. Então, depois da aula, ela as colocou em prática ao sair da estrada com sua Mercedes.

Deitada na grama com a janela estilhaçada emaranhada ao cabelo e seu próprio sangue ao redor, Liz olha para cima e vê o céu de novo. Começa a chorar, porque é muito azul, o céu. Muito, muito azul. Isso a enche de uma estranha tristeza, porque ela tinha se esquecido. Tinha se esquecido do azul do céu, e agora é tarde demais.

Respirar está se tornando uma tarefa extremamente difícil. A movimentação dos carros fica cada vez mais distante, o mundo perde a nitidez, e Liz é tomada por uma necessidade inexplicável de se levantar e correr atrás dos carros, redefinir o mundo. Nesse momento, ela percebe o verdadeiro significado da morte: ela nunca os alcançará.

Espere, pensa ela. *Ainda não*.

Continua sem entender as três Leis de Newton. Inércia, força, massa, gravidade e reações iguais e opostas ainda não se encaixam direito na sua cabeça, mas ela está pronta para deixar isso para lá. Está pronta para o fim de tudo.

É nesse momento, quando ela se liberta da necessidade de entender, que tudo passa a fazer sentido.

As coisas não são tão simples.

E de repente fica muito claro que toda ação é uma interação, e que tudo o que ela já fez causou alguma outra coisa e, depois, outra coisa, e tudo está terminando ali, no pé da colina perto da Autoestrada 34, e ela está morrendo.

Nesse momento, tudo *se encaixa*.

E Liz Emerson fecha os olhos.

INSTANTÂNEO: CÉU

Estamos deitadas no cobertor xadrez vermelho, com mato e flores presos na flanela à nossa volta. Nosso sopro leva os pedidos de dente-de-leão cada vez mais alto, até eles se tornarem as nuvens que observamos. Às vezes procurávamos animais, sorvetes de casquinha ou anjos, mas hoje ficamos apenas deitadas, com as palmas das mãos unidas e os dedos entrelaçados, e sonhamos. Imaginamos o que o futuro nos reserva.

Um dia, ela vai crescer e achar que a morte é um anjo que vai lhe emprestar asas para ela poder descobrir.

Infelizmente, a morte não tem o hábito de emprestar asas.

CAPÍTULO DOIS
Como salvar um cadáver

Observo as luzes giratórias se aproximando, envolvendo a cena em longas linhas de ambulâncias e fita amarela. Sirenes tocam e paramédicos aparecem, correndo e escorregando colina abaixo com a pressa. Eles cercam a Mercedes, agacham-se ao lado dela, e o vidro estala sob seus pés.

— Não tem reflexo de vômito. Prepare o tubo, preciso de intubação de sequência rápida...

— Você pode começar uma linha por ali? Cortar a lataria... chame os bombeiros!

— ... não, esqueça isso, quebre o para-brisa...

E eles quebram. Removem o vidro e a carregam colina acima, e ninguém percebe o garoto parado perto do carro destroçado, observando.

O nome dela está nos lábios dele.

Então ele é empurrado para trás por um policial, forçado a voltar para a multidão que saiu dos carros para dar uma olhada na cena, no sangue, no corpo. Olho para além do círculo e vejo o tráfego parando em todas as direções, e nesse momento é muito fácil imaginar Liz em algum lugar da longa fila de carros, sentada dentro de uma Mercedes intacta, com a mão pressionada na buzina e os palavrões abafados pelo som pulsante do rádio.

É impossível. É impossível imaginá-la de outro jeito que não seja viva.

No entanto, o fato é que a palavra *viva* já não serve para descrever Liz Emerson. Ela está sendo empurrada para dentro de uma ambulância, e, por causa dela, as portas estão se fechando.

— Ela está taquicárdica... e hipertensiva, você pode...

— Preciso de uma tala, ela está com uma fratura complexa no fêmur proximal...

— Não, *estanque a hemorragia*! Ela vai entrar em choque!

Enquanto todo mundo se movimenta e corre em torno dela, um musical de máquinas apitando e pânico, eu me limito a observá-la, suas mãos, seu rosto. O cabelo se soltando da trança feita às pressas. A maquiagem nas bochechas, leve demais para cobrir a pele cada vez mais cinzenta.

Quando olho em volta, vejo seu coração bater em três monitores diferentes. Vejo o vapor de sua respiração na máscara. Mas Liz Emerson não está *viva*.

Então me inclino para a frente. Coloco a boca ao lado de seu ouvido e sussurro sem parar, pedindo que ela *fique*, *fique viva*. Sussurro como se ela fosse me dar ouvidos da mesma forma que antes. Como se fosse me ouvir.

Fique viva.

CAPÍTULO TRÊS
A notícia

Monica Emerson está em um avião quando ligam do hospital. Seu celular está desligado, e o telefonema vai direto para a caixa postal.

Uma hora depois, ela liga o aparelho e ouve as mensagens enquanto se dirige à esteira de bagagem. A primeira é do setor de marketing da empresa falando de sua próxima viagem a Bangcoc. A segunda é da lavanderia. A terceira é silenciosa.

A quarta começa bem na hora em que Monica vê a mala na esteira, então ela não registra as palavras "sua filha sofreu um acidente de carro" de imediato.

Obriga-se a ouvir mais uma vez e a respirar. Quando a mensagem termina e o pesadelo não, ela se vira e sai correndo.

A mala dá mais uma volta na esteira.

Julia está quase na metade do dever de casa de cálculo quando o telefone toca.

Ela se sobressalta, porque ninguém nunca liga para o número residencial. Ela tem um celular e seu pai tem três, e Julia nunca entendeu para que precisavam também de um fixo.

Mesmo assim, ela vai até o hall de entrada para atender, porque as equações paramétricas das cônicas a estão deixando com dor de cabeça.

— Alô?

— É o Senhor George De...

— Não — diz ela. — É a Julia. Filha dele.

— Bom, este número é o contato de emergência que temos para Elizabeth Emerson. Está correto?

— Liz? — Ela enrola o fio do telefone nos dedos e deseja, de repente, nunca ter deixado Liz colocar seu pai como contato de emergência. Ele nunca estava presente em emergências. *Idiota*, pensou ela. — Sim, é o número certo. A Liz... o que está acontecendo?

Há uma pausa.

— Seu pai está em casa?

Julia tenta afastar sua irritação, a sufoca, enrola o fio ainda mais nos dedos e observa enquanto eles vão ficando roxos.

— Não — responde. — Aconteceu alguma coisa? A Liz está bem?

— Não tenho autorização para dar essa informação a ninguém além do Sr. George Dev...

— Aconteceu alguma coisa com a Liz?

Outra hesitação, depois um suspiro.

— A Elizabeth deu entrada no hospital St. Bartholomew's há algum tempo. Ela sofreu um acidente de carro...

Julia solta o telefone, pega as chaves e, a caminho do carro, procura o endereço do hospital no Google.

Kennie está em um ônibus com o restante da equipe de dança de sua escola do ensino médio, a Meridian High. No momento em que a Mercedes capota, ela está inclinada sobre o encosto do banco, tentando pegar o saco de balas azedinhas de Jenny Vickham enquanto o motorista grita para ela se sentar. Está feliz porque em breve será a única aluna do penúltimo ano dançando sob os refletores, na primeira fila. Logo sua equipe irá ganhar a competição e voltar rindo. Logo ela irá girar, saltar e esquecer o bebê, o aborto, Kyle e Liz.

Estou feliz, diz ela a si mesma. *Seja feliz.*

Tanto Monica Emerson quanto Julia estão nervosas demais para se lembrar de Kennie. De um jeito ou de outro, elas não poderiam ter ligado, pois o celular de Kennie não pega dentro do ônibus, além de estar com a bateria fraca. Enquanto Monica e Julia correm para o hospital, Kennie viaja na direção oposta, alegremente alheia ao fato de que sua melhor amiga está morrendo.

É provável que ela não fique sabendo por algum tempo. Não, ela vai voltar para casa depois de ganhar a competição, com as bochechas doloridas de tanto sorrir e câimbras na barriga por causa das gargalhadas que terá soltado durante toda a viagem de volta. Vai tomar banho e trocar as purpurinas e o elastano por um pijama velho. Vai se sentar na escuridão de seu quarto, com o cabelo molhado preso no alto da cabeça, e vai checar o Facebook. Ela o encontrará permeado por uma história contada através de atualizações de status, e isso vai deixá-la sem fôlego.

CAPÍTULO QUATRO
Fique viva

Liz tinha planejado o acidente com uma atenção aos detalhes pouco característica, mas em nenhum momento o hospital St. Bartholomew's apareceu em seus planos, porque ela deveria morrer no impacto.

Mas havia sido extremamente cuidadosa ao escolher o local. A autoestrada, a colina, a curva coberta de gelo, tudo a mais ou menos uma hora de sua casa. Tinha até passado pela rota uma vez, derrapado um pouco, lascado a pintura da Mercedes, para treinar. Mas, como escolhera bater o carro a uma distância tão grande, não há ninguém para recebê-la quando a ambulância chega ao St. Bartholomew's.

Não há ninguém lá para segurar sua mão enquanto os médicos a conduzem para a cirurgia.

Eu sou a única.

Só posso observar.

Fique viva.

Vejo os médicos chegarem. Vejo os bisturis brilhando, as sobrancelhas franzidas. Olho as mãos, a borracha branca salpicada de vermelho.

Observo e me lembro da vez em que Liz quebrou a canela no jardim de infância jogando futebol, já apaixonada demais pelo esporte e já vaidosa demais para usar caneleiras. Fomos para o Hospital Infantil em vez deste. Aquela sala de cirurgia tinha uma faixa decorativa com girafas pulando corda, e Liz segurou minha mão até apagar sob o efeito da anestesia.

Mas não há girafas pulando corda aqui, e a mão de Liz está quebrada. Essa cirurgia não é como aquela ou como nenhuma das outras – a do Taft Memorial, quando Liz rompeu o ligamento durante uma partida de pique-bandeira, ou a do dentista, quando ela removeu os sisos. Nessas, os médicos estavam tranquilos. Havia caixas de som para iPod no canto, tocando Beethoven, U2 ou Maroon 5, e os médicos pareciam... humanos.

Estes cirurgiões são apenas mãos e facas, cortando e despedaçando Liz, recompondo-a com suturas e mais suturas, como se pudessem prender sua alma e trancá-la sob a pele. Eu me pergunto quanto dela restará quando eles terminarem.

Fique viva.

Mas ela não quer ficar. Ela não quer ficar.

Tento me lembrar da última vez em que ela foi feliz, de seu último dia bom, e demoro tanto para procurar em meio às outras lembranças, as infelizes, as vazias e as perturbadas, que é fácil entender por que ela fechou os olhos e virou o volante para o lado.

Porque Liz Emerson guardava tanta escuridão dentro de si, que fechar os olhos não fazia muita diferença.

CAPÍTULO CINCO
Cinco meses antes de Liz Emerson bater com o carro

Na primeira sexta-feira do terceiro e penúltimo ano de Liz no ensino médio, apenas três assuntos foram debatidos durante o almoço: a minissaia *plus-size* com meia arrastão da Sra. Harrison, a quantidade de calouras vadias e a superfesta na praia que Tyler Rainier ia dar naquela noite. Diante de sua bandeja de almoço saudável (segundo os padrões do governo) e intragável (pelos padrões de todas as outras pessoas), Liz também declarou sua intenção de ir. O que significava, claro, que todo mundo também ia.

Todo mundo eram os outros alunos sentados nas três mesas reservadas para a elite da Meridian High School: os mesquinhos, os vaidosos, os atletas, os idiotas, os lindos, as vadias aceitas e admiradas. A declaração de Liz foi direcionada em especial a Kennie, que imediatamente mandaria uma mensagem com os planos para Julia — que, pelo conflito de horários causado por uma sobrecarga de matérias, almoçava em outra hora.

Liz, Julia, Kennie. As coisas eram assim, e ninguém mais questionava.

Depois da aula, Liz dirigiu para casa com o rádio no volume máximo. Pisou com mais suavidade no acelerador do que de costume porque sabia que voltaria para uma casa vazia. Sua mãe estava em Ohio ou na Bulgária naquele fim de semana, ela não conseguia se lembrar. Não importava. Sempre havia uma viagem de negócios, depois outra.

Antigamente, Liz adorava o fato de a mãe viajar. Parecia mágica, um conto de fadas ter uma mãe que cruzava oceanos e conhecia o céu. Além do mais, quando a mãe não estava em casa, o pai a deixava comer no sofá e nunca reclamava quando queríamos pular na cama, deixar de escovar os dentes ou brincar no telhado.

Mas aí o pai morreu, ela cresceu, a mãe continuou a fazer viagens de negócios e Liz aprendeu a ser solitária.

Não era *ficar sozinha* que incomodava Liz. Era o silêncio. Ele *ecoava*. Reverberava pelas paredes da enorme casa das Emerson. Enchia os cantos, os armários e as sombras.

Na verdade, a mãe não se ausentava tanto quanto parecia a Liz, mas o silêncio ampliava tudo.

Era seu medo mais antigo, aquele silêncio. Ela sempre odiava quando não havia nada a dizer, detestava os minutos de escuridão durante festas do pijama – quando todo mundo se calava, mas ainda não tinha dormido –, detestava a sala de estudos, detestava pausas em telefonemas. Outras meninas pequenas tinham medo do escuro, cresciam e deixavam seus medos para trás. Liz tinha medo do silêncio e segurava seus medos com tanta força que eles cresciam, cresciam e a engoliam.

Ela passou um tempo sentada na garagem com a Mercedes ainda ronronando. O rádio urrava verso após verso de um rap que ela mal conseguia entender. Liz desejou ter convidado Julia ou Kennie para aparecer em sua casa depois da escola, para poder adiar um pouco mais o silêncio. Mas não o fizera, então disse a si mesma que arrependimento era algo idiota e tirou a chave da ignição. O silencio a atingiu fisicamente, cercando-a enquanto ela destrancava a porta da frente, engolindo-a quando entrou, estrangulando-a quando tirou os sapatos e colocou no micro-ondas uma coisa chamada Pizzarito ("uma porção derretida de sabor!"). Por um breve instante, pensou em sair para correr, pois os treinos livres de futebol começariam logo e ela estava fora de forma. No entanto, embora o ar estivesse frio e parte dela quisesse se mover para escapar, uma parte maior não estava disposta a subir para pegar os tênis de corrida, descer de novo, amarrar os cadarços, tirar novamente as chaves da bolsa, trancar a porta...

O micro-ondas apitou, Liz pegou o Pizzarito e ficou passando os canais até o tédio se tornar intolerável.

Então, com o silêncio ainda latejando dentro e fora de si, ela foi para o banheiro, enfiou os dedos na garganta e transferiu com cuidado a porção derretida de sabor de seu estômago para o vaso sanitário.

Ao longo da vida, Liz já tinha flertado com várias coisas perigosas: drogas, bulimia, o maconheiro tarado que trabalhava na RadioShack. A bulimia era a única duradoura. Ela havia abandonado o hábito por algum tempo depois de vomitar sangue, o que a assustara, porque ela não queria morrer. Não naquela época. Mas nessa noite ela ia dançar de biquíni e queria estar feliz. Queria estar alegre, risonha e magra.

Deu descarga no Pizzarito e escovou os dentes, mas o gosto continuou ali, então ela foi até o porão, vasculhou a enorme adega da mãe e roubou uma garrafa fina de... na verdade, ela não sabia o que era porque as palavras não estavam em inglês, mas era alcoólico, tinha cheiro de frutas e o rótulo era bonito. Tirou a rolha enquanto voltava para o andar de cima. Bebeu em goles grandes, doses rápidas, jogando a cabeça para trás enquanto ia para o quarto e abria o closet para contemplar sua coleção de biquínis.

O amarelo de babadinhos a deixava parecendo uma flor da pior forma possível, o vermelho era meio vulgar demais até para ela, e as partes de baixo brancas tinham desbotado e esgarçado tanto que agora lembravam calcinhas de vovó. Liz finalmente se decidiu por um biquíni marrom de listrinhas que havia encontrado em uma liquidação da Victoria's Secret meses antes, e estava avaliando seus quadris no espelho quando viu o vizinho gordo, careca, peludo e pedófilo parado de roupão no gramado, estreitando os olhos para a janela.

Liz lhe mostrou o dedo do meio e voltou para o corredor.

Às vezes, pensou, *esta casa é muito deprimente.* Mas essa não ia ser uma daquelas noites. Podia ter começado mal, mas o... (vinho? Ela achava que era algum tipo de vinho)... estava cuidando muito bem disso.

Ela voltou para a sala de estar e virou todas as almofadas do sofá antes de se jogar sobre elas. O vinho balançou e espirrou, e novas manchas lavanda se espalharam sobre manchas velhas. Antigamente, ela tinha medo de que a mãe descobrisse a bagunça. Agora sabia que isso não aconteceria. Monica não era o tipo de pessoa que relaxava em seu sofá caro. Liz gostaria que fosse, gostaria que pelo menos uma vez na vida a mãe procurasse o controle remoto e descobrisse o outro lado das almofadas manchado de bebida, porque Liz não sabia como ela ia reagir. Se ficaria zangada, se finalmente instalaria uma tranca na adega. Se daria a mínima.

Não importa, pensou ela, virando a garrafa. *Não importa*.

O líquido se derramou sobre seu queixo, descendo pelo pescoço e pelos ombros, e de repente ela pensou na primeira festa a que tinha ido. Naquela noite, havia bebido sua primeira cerveja, e depois a segunda, a terceira. Ficara bêbada pela primeira vez, então não se lembrava de muita coisa. Na verdade, não havia muita coisa que quisesse lembrar.

Pensou nas luzes, nos corpos, na música pesada e perturbadora. No ar, quente de suor, úmido de culpa.

Não importa.

Às oito da noite, metade do vinho já tinha acabado. Ela sentia o álcool em seu sangue, deixando o mundo estranhamente delicado, como se tudo tivesse se tornado quebradiço e estivesse a ponto de se despedaçar, como se Liz Emerson fosse a única coisa substancial no planeta.

E era bom ser invencível.

— Meu Deus — disse Julia ao sentar no banco do carona. — Você já está bêbada?

— Claro — respondeu Liz. Ela esbarrou no canto da caixa de correio ao sair de ré em alta velocidade da casa de Julia. Mais tarde, encontraria o arranhão na Mercedes, mas naquele momento não se importava. Havia algo romântico na ideia de ser jovem, estar de porre e ter para onde ir numa sexta-feira à noite.

Ela entregou a coisa alcoólica de frutas para Julia, que destampou a garrafa e a inclinou para trás. Liz sabia que Julia tinha mantido a boca bem fechada, mas não disse nada. Era mais fácil ignorar esse fato. Liz tinha suas idas ocasionais ao banheiro depois do jantar, Julia escondia saquinhos plásticos tipo Ziplock com substâncias ilegais no quarto, e elas tinham um contrato tácito de fingir que seus próprios segredos ainda eram, de fato, segredos.

— A Kennie está indo com o Kyle, então você não precisa buscá-la — disse Julia, devolvendo a garrafa.

Liz soltou um som de desdém. O carro oscilou quando ela tomou um gole, e o grito de Julia a fez rir.

— Ela está dando para o Kyle, você quis dizer.

— Também. — Julia fez uma breve pausa para apertar o cinto de segurança. Em seguida disse, em um tom mais baixo: — Não acredito que ela não terminou com ele.

Liz não comentou nada. Kennie, claro, também estava coberta pelo contrato, e isso entrava na lista das coisas sobre as quais Liz não queria falar, especialmente naquela noite.

Idiota, pensou. Quatro palavras, quatro, para Kyle convencê-la. *Mas eu amo você.* E claro que funcionou, porque Kennie fazia qualquer coisa por amor.

Idiota, a Kennie é uma idiota.

Mas Julia também já estava quieta, lembrando que, quando se tratava de continuar com namorados infiéis, Liz não podia falar muito.

Liz pisou fundo no acelerador, depois fez uma curva fechada que jogou uma Julia histérica contra a porta, porque naquela noite elas eram indestrutíveis.

Chegaram à festa quase uma hora atrasadas, e a essa altura a fogueira estava enorme e dava para ouvir as pessoas a dez quarteirões de distância. Já tinha gente indo embora, porque uma festa daquele tamanho, com tanta cerveja, com certeza atrairia tantos policiais quanto um bufê de donuts. Tyler Rainier era um idiota por dar uma festa como aquela em uma praia pública, mas Liz não se importava. E, para continuar não se importando, ela tomou outro gole ao sair do carro.

Havia fumaça por todo lado, uma névoa de fogueira e maconha. E também luzes estroboscópicas e refletores coloridos, e parecia que o céu tinha descido e transformado todos em estrelas embaçadas. A música fazia o cérebro de Liz tremer. Era só uma questão de tempo até todo mundo se dispersar, mas isso não importava. Não nessa noite.

Liz olhou para Julia, que estava observando a coisa toda com uma expressão que quase poderia ser chamada de desdenhosa. As pessoas chamavam Julia de metida porque ela era quieta, rica, chique, tinha a postura de uma bailarina e era meio estraga-prazeres em festas. Julia estava destinada a um mundo de bailes beneficentes e pérolas. Era um pouco inteligente demais, um pouco graciosa demais, um pouco seletiva demais para aquele grupo chapado.

E às vezes isso deixava Liz com inveja, mas essa não era uma daquelas noites. Nessa noite, ela olhou para Julia e teve que lutar contra a vontade de abraçá-la, porque Julia estava desconfortável e linda e era toda dela.

— Vamos, espírito de porco — disse Liz alegremente.

Julia a seguiu após um instante, e as luzes engoliram as duas.

— Liz!

Liz quase caiu quando Kennie se jogou sobre ela. A garrafa voou de sua mão e molhou Julia toda.

— Droga — suspirou Julia, olhando sua saída de praia ensopada. Kennie riu e lambeu uma gota no ombro da amiga, afastando-se quando Julia deu um tapa em sua cabeça. — Sai daqui, sua sapata — reclamou, mas também estava rindo.

— É bom — disse Kennie, pegando a garrafa na areia. Ela estreitou os olhos. — Ah, meu Deus. Eu não estou tão bêbada assim, ou estou? Por que não consigo ler isto?

— Porque não é em inglês, idiota — respondeu Liz, e Kennie riu e engoliu o resto do vinho. Seu cabelo caiu sobre as costas, depois se espalhou quando ela jogou a garrafa para Liz.

— Vamos! — disse Kennie, pegando as mãos das amigas e arrastando-as até a fumaça.

O calor era inacreditável; fazia a garganta de Liz coçar, e ela ergueu outra vez a garrafa, mas estava vazia. Largou-a na areia.

— Cuidado! — gritou ela para Julia em meio ao barulho. — Não chegue perto demais do fogo! Tem muito álcool em você...

— Vaca — retrucou Julia, encolhendo-se para se desgrudar das roupas encharcadas. — Meu Deus, estou com cheiro de...

— De russa! — gritou Liz. Ela passou um dos braços em torno de Julia. — Cheiro sexy!

Ela já não sabia muito bem do que estava falando, mas quem se importava? Ela, não. Também não ligava para o que Kennie estava tagarelando, sobre o pneu ultrajante de Kellie Jensen, o tanquinho ultrajante de Kyle Jordan ou sobre os marshmallows e a cerveja dos quais tentava se aproximar junto com as amigas, então Liz se soltou e deixou a multidão cercá-la.

Jake Derrick, o namorado oficial vai e volta de Liz, tinha ido passar o fim de semana fora do estado em algum acampamento de futebol americano, e provavelmente estava com a líder de torcida que tivesse os maiores peitos, mas e daí? Ela pegou o garoto mais próximo pelo cinto e ele a segurou pela cintura. O lugar estava muito enfumaçado, e ele era alto demais para que ela conseguisse ver direito o rosto dele. De qualquer forma, Liz não se esforçou muito para dar uma boa olhada. Não estava ali para criar lembranças. Estava ali pelas luzes piscantes, pelo suor, pela fumaça e pela sensação da pele de outra pessoa contra a dela. Esses garotos eram intercambiáveis. Eles não importavam. Não importavam nem um pouco.

Quando Liz estava com o Garoto Número Quatro, o telefone vibrou em seu bolso. Ela o pegou e viu uma mensagem de texto de Julia, dizendo que ela e Jem Hayden, seu namorado potencialmente gay, estavam indo embora para uma livraria independente. Fazia um tempo que Liz não via Kennie, mas sem dúvida ela estava se esfregando com Kyle em algum lugar no meio da multidão.

Não importa. Havia maconha demais no ar, deixando Liz tonta. Nada importava, nem o jeito como o Garoto Número Quatro ficava tentando beijá-la sem parar. Por que importaria? No dia seguinte, ela acordaria e essa festa seria um nevoeiro de luzes. Ela não se lembraria de nada. Então, por fim, Liz virou o rosto e deixou o Garoto Número

Quatro pressionar sua boca com gosto de maconha contra a dela, e ele não era nada mau.

Fazia pouco tempo desde que elas tinham chegado na praia — meia hora, talvez, e Liz sabia disso porque havia dançado com sete garotos até aquele momento, um para cada música — quando as sirenes soaram acima da música. Então, claro, tudo acabou. Enquanto a multidão se espalhava e alguém fazia de tudo para enterrar o último barril de cerveja na areia, Liz correu. Secretamente, ela adorava quando as festas eram flagradas. A noite não ficava completa sem um clímax. As sirenes, o redemoinho de luzes vermelhas e azuis... isso, sim, era um clímax.

Então, com uma onda de adrenalina, Liz correu, entrando e saindo da multidão. Talvez, em uma parte distante de sua mente, ela se lembrasse de nossas brincadeiras da infância, quando fingíamos ser espiãs e heroínas, sempre escapando, sempre invencíveis.

Ela pulou dentro de seu carro, enfiou a chave na ignição e saiu da areia de ré, tão rápido que quase atropelou um policial. Ouviu os gritos dele mandando que parasse, mas ignorou-o, e ele não a perseguiu. Seu coração estava disparado e ela ria. Enquanto saía em alta velocidade, abriu as janelas para que a noite pudesse entrar em seu carro e envolvê-la.

Por um breve instante, Liz pensou em ir para casa, mas perdeu a entrada e, então, era tarde demais para voltar, por isso continuou em frente. Apertou o acelerador e logo se viu na interestadual, pegando a saída para um lugar aonde não ia havia uma década. Dirigiu ao longo da praia até que as árvores ficaram mais altas e a noite se tornou mais escura. Em seguida, foi em direção à entrada do parque estadual. Estacionou de qualquer jeito perto do posto da guarda florestal, bem ao lado da placa que dizia PARQUE FECHADO. INVASORES SERÃO PROCESSADOS.

Riu sozinha, pensando no sétimo ano, quando ela, Kennie e Julia tinham invadido e ocupado um armário com materiais de limpeza na escola. Elas haviam feito placas como aquela, INVASORES SERÃO PROCESSADOS. Ou, pelo menos, ela e Julia fizeram. Kennie escrevera PROCESSADORES SERÃO INVADIDOS. Depois de rir muito do erro, as três tinham transformado a frase em seu novo lema.

Liz desligou o carro e ficou surpresa com o silêncio. Por algum motivo, o silêncio sempre a surpreendia. Pegou seu iPod e o ligou, estilhaçando a noite com gritos e bateria, algo furioso. Depois trocou a música, porque estava sozinha e, quando estava sozinha, não precisava ouvir aquilo de que as outras pessoas gostavam.

Às vezes, esquecia que podia fazer as próprias escolhas.

Entrou no bosque sabendo que provavelmente estava sendo uma idiota e que deveria pelo menos ligar o aplicativo da lanterna. Mas não se importava, não se importava com absolutamente nada. Não ia até ali desde que tinham se mudado, porém seus pés ainda pareciam saber o caminho. Pensando bem, ela não sabia muito bem por que fora até ali, mas isso não fez com que parasse. Liz começava a perceber que estava mais bêbada do que gostaria de admitir, o suficiente para ficar cambaleante, descuidada e feliz por ser idiota.

Andou no ritmo da música de algum cantor indie que dizia que ela era linda e mais forte, mais forte, mais forte. Gostou de ouvir aquilo. Tentou se lembrar da última vez que ouvira algo do tipo na vida real, mas não conseguiu. As pessoas não falavam mais daquele jeito, certo?

Andou por tanto tempo que teve quase certeza de que havia pegado o caminho errado em algum lugar na escuridão, que em alguns instantes um urso apareceria para estraçalhá-la, comer sua mão esquerda e deixá-la sangrando até a morte no mato logo ao lado da trilha, onde ninguém a encontraria até ela não passar de um esqueleto, que acabariam pendurando no laboratório de ciências para que turmas de anatomia humana e psicologia pudessem estudá-la. Mas, de repente, o bosque terminou e ela viu a torre.

Não era tão alta quanto ela se lembrava.

Quando era mais nova, seu pai a levava até ali na primeira quarta-feira de cada mês. Ele não trabalhava às quartas e ela não tinha aula às quartas. As quartas-feiras eram importantes para eles, as quartas-feiras eram *deles*. Iam até lá para fazer pedidos com o que estivesse à mão (dentes-de-leão no verão, folhas vermelhas caídas no outono, flocos de neve no inverno, luz do sol na primavera). Claro, naquela época ela era uma menininha de quatro anos, mas nesse momento, olhando o topo da torre que um dia parecera atingir o céu, finalmente começou a entender quantas coisas haviam mudado.

Mesmo assim, ela subiu. A escada era íngreme e rangia. Ela não correu como fazia antes, porque não havia ninguém com quem competir.

Estava mais cambaleante do que nunca quando chegou ao topo, mas disse a si mesma que a adrenalina e a altura eram o que a fazia oscilar. Quando jogou a cabeça para trás, viu o arco do céu lá no alto, parecendo mais próximo do que de costume. Dava a impressão de que era possível arrancar uma estrela com a unha se tentasse, mas ela não se mexeu.

Doía, doía ficar parada, então ela se apoiou ao parapeito, pressionando o metal contra os pulmões, e fechou os olhos.

"*Ora, olá, menina com olhos de mar,*
Quantos segredos nos separam?
Um oceano de poemas, um campo de suspiros,
Posso atravessá-los e voltar ao começo?"

Liz desligou a música, respirou e olhou para cima outra vez para encarar o silêncio, mas não o encontrou. Não o tipo do qual ela fugia. Havia silêncio, um silêncio profundo, mas algo que vivia, se movia e *mudava*, abarrotado de grilos, asas e sons do fim do verão.

Mais tarde, ela se deitou de barriga para cima, olhando o arco do céu e as estrelas, engolida pela escuridão, sentindo-se muito pequena. Perguntou-se o que havia entre as estrelas, se era o espaço morto e vazio ou alguma outra coisa. É por isso *que existem tantas constelações*, pensou, lembrando-se das que aprendera nas aulas de ciência do quarto ano: Leão, Cassiopeia, Órion. Talvez todo mundo só quisesse ligar aqueles pontinhos brilhantes e ignorar os mistérios que existiam entre eles.

Antigamente, Liz ficava feliz por jogar papel higiênico até cobrir uma casa com Julia e Kennie, por ser convidada para as melhores festas. Antigamente, ficava feliz por olhar do alto da torre social e ver todos abaixo dela. Antigamente, ficava feliz por estar naquele mesmo lugar e ver o céu inteiro acima dela.

E nessa noite... nessa noite, era o que ela desejava. Ela desejou ser feliz e adormeceu com o céu inteiro tomando conta dela.

CAPÍTULO SEIS
Se ela estiver determinada

A sala de espera do pronto-socorro nunca está vazia, mas neste momento está tão pouco movimentada quanto possível. Há um homem sentado com os cotovelos nos joelhos olhando para o chão. Uma família forma um círculo, com os olhos fechados, orando. Um garoto olha pela janela, repetindo um nome com os lábios sem emitir som.

E ali, no canto mais distante, está a mãe de Liz, comendo quieta o último pacote de amendoins do avião e folheando uma revista.

Quando Liz era mais nova, as pessoas diziam que ela tinha puxado o rosto da mãe e todo o resto do pai. Mas Liz e a mãe compartilham outra coisa importante que nenhuma das duas jamais vai admitir: ambas gostam de brincar de faz de conta.

Então, enquanto a filha morre em uma mesa de cirurgia, Monica Emerson está sentada de pernas cruzadas, transmitindo a perfeita impressão de que se importa com o casal de celebridades que terminou essa semana. Por dentro, ela se despedaça.

Vira uma página e pensa no dia em que Liz aprendeu a andar. Monica tinha ido à cozinha pegar uma caixa de biscoitos de arroz e, quando se virou, Liz estava parada atrás dela, oscilando sem segurança. E, enquanto gritava para o marido pegar a câmera, Monica pegou Liz no colo, pensando: *Ainda não.*

Hoje não.

Que ela cresça amanhã.

Ela vira outra página. Quando chegou, o médico falou que, mesmo que Liz sobreviva à cirurgia, mesmo que não morra hoje, *mesmo que*, há uma grande probabilidade de que nunca mais ande. Ninguém pode prometer nada.

Monica Emerson sabe que o resultado mais provável vai partir seu coração, então faz tudo o que pode para não pensar nisso. Não pensa em absolutamente nada.

Monica Emerson é assim. Ela é uma boa pessoa e péssima mãe.

* * *

Na sala de cirurgia, há sussurros tensos, o som de metal contra osso, o bipe baixo e distante que significa que ela ainda está viva.

E por fim, quando tudo acaba, o bipe ainda soa. Os médicos são máscaras e manchas de sangue, e só consigo pensar: *Isto não é um milagre.*

Um deles (Henderson, segundo as palavras azuis bordadas no bolso da frente) se afasta e anda lentamente até a sala de espera, o que nunca é um bom sinal. Médicos com boas notícias ficam quase tão ansiosos para dá-las quanto as pessoas na sala de espera para ouvi-las. Apenas médicos com más notícias andam devagar.

Monica se levanta para recebê-lo, e ninguém vê como suas mãos tremem quando ela fecha a revista e a guarda com cuidado, como se temesse que o tremor fosse causar um terremoto, fazer o mundo inteiro desmoronar.

Mas o médico continua andando devagar, e seus passos destroem o mundo dela do mesmo jeito.

— Ela não está bem — diz o Dr. Henderson à mãe de Liz. Pela terceira vez, eu contei. *Ela não está bem, ela não está bem, ela não está bem.* — Vamos observá-la de perto nas primeiras vinte e quatro horas e reavaliar amanhã. — Mas ele não está sendo sincero, porque acha que amanhã ela vai estar morta. Como se Monica Emerson pudesse esquecer, afogada como está na lista de ferimentos de Liz.

– O fêmur direito está despedaçado e ela fraturou a mão direita. Sofreu ferimentos internos graves. Removemos o baço e estabilizamos as fraturas, mas o organismo dela ainda tem uma grande chance de parar de funcionar. Estamos fazendo tudo o que podemos, mas a esta altura depende dela.

– Como assim?

Fico ao mesmo tempo ressentida e impressionada com a compostura de Monica. Ela se parece demais com a Liz.

– A Liz é forte – diz o médico, como se soubesse. – É jovem e muito saudável. Ela pode sair desta. Se estiver determinada, ela vai conseguir.

Ele ainda diz que a prioridade é estancar a hemorragia e estabilizar os ferimentos internos, e que eles farão outra cirurgia em alguns dias, *se*. Nenhum dos dois repara no garoto perto da janela. Ele está apoiado ao braço da cadeira e se esforça para escutar. Só capta as piores partes: "hemorragia interna", "um pulmão perfurado", "ninguém sabe", "mas" e "se". O restante é abafado pelo som de seu coração batendo contra as costelas.

O nome dele é Liam Oliver. Ele viu a Mercedes amassada e fumegante no pé da colina quando estava indo ao supermercado e chamou a polícia. Agora está sentado no canto da sala de espera com os olhos fixos na janela, ainda repetindo o nome dela.

Ele é completamente apaixonado por Liz Emerson, e, pelo visto, ela nunca vai saber.

CAPÍTULO SETE
Teste surpresa

*J*ulia tem alguma coisa que chama a atenção.

Mesmo no pronto-socorro. Mesmo de calça de moletom e camiseta com um buraco debaixo do braço. Mesmo com o delineador borrado escurecendo as olheiras. Mesmo com a cena do acidente ainda impressa no interior de suas pálpebras, de forma que ela a vê toda vez que pisca.

Mesmo agora.

Não pisque, diz ela a si mesma quando quase derruba uma mesa a caminho do posto da enfermagem. Não repara em nada, nem no Dr. Henderson, nem em Monica virando o corredor em direção à UTI, nem no colega de turma sentado perto da janela.

Ela tinha observado a cena por muito tempo. Havia um engarrafamento enorme. Filas enormes de carros passando pelo que sobrara da Mercedes de Liz.

— Oi — diz Julia. De forma hesitante (Julia é uma pessoa hesitante. Ela chama atenção, mas detesta que a olhem. Antigamente, não ligava. Mas isso foi há muito tempo). — Eu... hmm. Minha amiga Liz está... ela deu entrada mais cedo, acho. Elizabeth Emerson?

A enfermeira ergue o rosto.

— Você é da família? — pergunta ela.

— Não — responde Julia. Sabe que a batalha está perdida, mas ainda assim acrescenta: — Ela é minha melhor amiga.

Não começou assim.

No meio do sétimo ano, os pais de Julia concluíram que estavam cansados um do outro. A mãe ficou com a casa, toda a mobília e um milhão de dólares do marido desgraçado, inútil e infiel que tinha caríssimos advogados ladrões de filha. O pai, claro, ficou com Julia.

O sétimo ano foi horrível. O sétimo ano foi o ano da puberdade. O sétimo ano foi quando a aula de Educação Social passou a falar de sexo e drogas em vez de exercícios físicos e nutrição. O sétimo ano foi um ano de descoberta, de ser e sobreviver, de *se tornar*. Liz descobriu como ser má, concluiu que o egoísmo era essencial para a sobrevivência e se tornou a pessoa que viria a odiar. Mas não tinha problema, porque todo mundo agia do mesmo jeito.

Menos Julia.

Julia era... diferente.

Julia não usava Crocs. Não usava as calças capri largas que todas as outras usavam, nem saias em cima do jeans, nem faixas esportivas no cabelo, nem uma regata por cima da outra. Nem sequer checava seu telefone com muita frequência. Julia usava marcas das quais o resto das meninas não ouviria falar por mais cinco anos. Não assistia aos programas a que todo mundo assistia e não ouvia as músicas que todos ouviam.

Era corajosa, e ninguém pode ser corajoso nas últimas séries do ensino fundamental.

Liz a odiava. Ela a odiava porque Julia não precisava pintar o cabelo ou usar maquiagem para ficar bonita, porque ela simplesmente *era*. Ela a odiava porque Julia não se importava, não se importava com o que as pessoas pensavam nem quando a encaravam, não naquela época. Ela a odiava porque Julia era diferente, e isso bastava. Liz a odiava, então todo mundo também odiava.

Julia era esquisita. Julia pedira aquilo. Julia atraíra aquilo.

A gota d'água foi o seguinte: antes de ser transferida para uma turma de matemática avançada, Julia era a única em pré-álgebra que fazia o dever de casa. Um dia, quando a professora resolveu, sem nenhum aviso ou precedente, recolher o dever dos alunos, Julia foi a única que entregou a tarefa. Então a professora aplicou um teste surpresa.

E, como não sabia nenhuma das respostas, Liz pegou um pedaço de papel e o passou pela turma para que cada pessoa escrevesse algo que pensava sobre Julia.

Disseram coisas como "Você nem é tão bonita assim" e "Volte para o lugar de onde veio". Alguns fizeram desenhos e outros, diagramas, flechas ligando palavras como *esquisita*, *metida* e *irritante*. Quando o papel voltou para Liz, ela o dobrou e o deslizou na mesa de Julia.

A expressão da garota não se alterou enquanto ela o lia. Ela não chorou, nem um pouco, e cabeças se viraram e rostos se contraíram de surpresa, confusão, descrença, mas ninguém ficou mais chocado do que Liz. Ela mal conseguiu impedir seu queixo de cair no chão.

A professora avisou que faltavam dez minutos, e todo mundo voltou a prestar atenção. Menos Julia. Julia tinha terminado o teste surpresa, então virou o papel que tinha recebido e escreveu uma única palavra na parte de trás. Depois o dobrou em um quadrado perfeito e o passou de volta a Liz.

Foi a primeira vez que Liz foi chamada de escrota.

Ali, na aula de pré-álgebra, com um teste surpresa em branco diante de si, uma folha de caderno amassada no colo e uma terrível verdade a encarando, que Liz resolveu que ela e Julia se tornariam amigas.

Então se tornaram.

Claro que Julia aproveitou a oportunidade. Tristeza ou popularidade? Não era uma decisão difícil. Ela usou Liz, como qualquer outra pessoa teria usado. Nos primeiros meses, elas não foram amigas, mas se tornaram aliadas em meio ao melodrama.

No entanto, certo dia, nesse mesmo ano, enquanto Julia, Liz e Kennie estavam sentadas juntas durante um seminário monótono sobre segurança na internet, Liz se aproximou e sussurrou para Julia que 34,42% de todos os palestrantes do seminário carregavam seios falsos na pasta, e quando Liz apontou para a pasta do palestrante, Julia riu tanto que bufou. Cerca de seis professores se viraram para mandar que elas se calassem, mas as meninas já tinham entrado no tipo de crise de riso que as deixava idiotas, sem ação e alegres. Enquanto as três se dobravam, com a barriga doendo e câimbra nas bochechas, Julia olhou para o lado e percebeu que, em algum momento entre *antes* e *agora*, Liz tinha se tornado sua melhor amiga.

E aí riu de novo, porque havia algo de absolutamente maravilhoso em ser a melhor amiga de Liz Emerson.

CAPÍTULO OITO
Ainda não

Enquanto se dirige à UTI, Monica Emerson vai aos poucos perdendo a compostura, que se despedaça e deixa um rastro atrás dela. Mantenho os olhos em seu rosto. Ela ainda está calma quando atravessa o primeiro corredor, o segundo, o terceiro. Mas, conforme se embrenha mais no hospital, ela começa a desmoronar.

Ela não chorava em público desde o funeral do marido. Agora chora, sabendo que talvez em breve tenha que planejar o da filha.

A princípio são lágrimas pequenas, silenciosas. Então o médico abre as portas da UTI e ela vê as fileiras intermináveis de camas e corpos, aquelas *coisas* que mal podem ser consideradas seres humanos cheios de oxigênio, tubos e *ainda nãos*.

Vê Liz entre eles.

Monica pensa na ala da maternidade no andar de cima, e as lágrimas vêm com um pouco mais de força. Pensa em como Liz gritou, indignada, como se a tivessem feito esperar demais. Ela se lembra de seus primeiros momentos de maternidade. Não sabe como se preparar para os últimos.

Aproxima-se um pouco mais e vê Liz sob um cobertor fino, os ombros enrolados com alguma roupa horrorosa de hospital. Os dedos dos pés estão descobertos. O esmalte está lascado. Já foi azul. Talvez cintilante.

Quando se senta e olha a cor estranha do rosto de Liz, Monica perde a compostura por completo. Há uma chance muito grande de que Liz morra ali, dois andares abaixo de onde nasceu. Ela nunca irá à festa de formatura, nunca fará vestibular, nunca se inscreverá na faculdade, nunca ganhará um diploma, e é aterrorizante, porque Liz já parece morta. Ela tem a aparência de alguém que poderia ser colocado em um caixão e enfiado debaixo da terra.

Monica só quer abraçar o que resta da filha, como não faz há tanto tempo. Mas Liz é um emaranhado de agulhas e tubos, frágil como gelo sobre o mar.

Então a mãe se limita a ficar sentada.

O problema da breve e quase encerrada maternidade de Monica é que ser mãe sempre foi seu maior medo. Ela não sabe ser mãe, sobretudo depois que enterrou o pai de Liz. Foi reprimida durante a infância e se esforçou demais para ser perfeita, e eis a prova definitiva de seu fracasso.

Quase coloco as mãos em seus ombros, finos e angulosos exatamente como os de Liz, e digo *Está tudo bem, não é culpa sua, ela já estava se dilacerando*, mas não o faço.

É difícil mentir quando a verdade está morrendo na sua frente.

Monica passa os dedos sobre as unhas roídas e irregulares de Liz. Mesmo assim, não percebe. Esqueço as mentiras e tento sussurrar a verdade em seu ouvido, mas ela não consegue me ouvir por causa dos bipes das máquinas.

Uma enfermeira nos observa. Ela nos dá dez, quinze minutos antes de se afastar do aglomerado de monitores no centro do ambiente. Sua bata hospitalar é coberta de dinossauros cor-de-rosa, deslocados em meio a tantos uniformes em tons de cinza e azul. *Ela* parece deslocada, um pouco esperançosa demais, um pouco corajosa demais.

É com muita delicadeza que toca o braço de Monica e diz:

— Desculpe. Não posso deixá-la ficar mais tempo, senhora. O risco de infecção é alto demais.

A fala é gentil e muito direta, e me agrada o fato de ela não se esconder atrás de mentiras. Ela não diz que Liz é forte, porque neste momento ela não é.

Monica quase se recusa. Mas lança um longo olhar à desconhecida que é sua filha e, após um instante, assente. Estende a mão para Liz, mas no último segundo seus dedos tremem e ela os afasta.

INSTANTÂNEO: BAND-AID

Liz está sentada na bancada da cozinha com um Band-Aid no joelho. Monica tenta abraçá-la e Liz a afasta.

Um pouco antes, a menina estava pulando corda sozinha na entrada da garagem, cantarolando a música-tema de um desenho animado. O mundo já tinha começado a entrar em foco àquela altura, o céu tinha se tornado plano e distante, e eu começava a desbotar.

Ela já havia pulado trezentas e sessenta e oito vezes quando um inseto entrou na sua boca. Ela gritou e tropeçou, enrolando as pernas na corda. Caiu e machucou o joelho, mas não percebeu quando tentei ajudá-la.

Foi para dentro de casa, fazendo de tudo para não chorar. Monica a sentou na bancada da cozinha e fez um curativo, dizendo toda hora que ela era corajosa. Isso subiu um pouco à cabeça da menina, então, quando Monica tentou abraçá-la, Liz a empurrou e disse: "Estou bem, mãe! Não é nada. Me deixe em paz."

Monica ficou magoada e nunca mais tentou abraçar Liz.

Mais tarde, eu tentaria reaproximá-las, mas nenhuma das duas cedeu.

Houve pequenos gestos depois disso, um tapinha nas costas no Natal, um leve aperto nos ombros no primeiro dia de aula. Mas Monica temia se impor demais e Liz se esforçava demais para ser forte.

Assim, não houve mais nenhum abraço na casa das Emerson.

CAPÍTULO NOVE
Caixa-postal

Monica não volta para a sala de espera. Encontra uma cadeira e a arrasta para o corredor do lado de fora da UTI. Seus braços tremem tanto que ela a deixa cair duas vezes. Posiciona a cadeira ao lado da porta, enfia a mão na bolsa e pega o telefone.

Faz três ligações. A primeira, para o chefe, avisando que sua filha está no hospital e que ela não vai trabalhar, nem vai a Bangcoc no fim de semana. A segunda, para a companhia aérea, para cancelar a reserva.

E a terceira para a filha, para poder ouvir a voz dela na mensagem gravada.

"Oi. Aqui é a Liz. Obviamente não posso atender agora, então deixe uma mensagem."

Monica liga várias vezes. Não sabe por quê, mas sempre espera um final diferente.

CAPÍTULO DEZ
Popularidade: uma análise

Kennie sai do ônibus meio tropeçando, alongando a perna dormente enquanto cambaleia pelo estacionamento. Por hábito, olha em volta procurando a Mercedes de Liz, ou o Ford Falcon de Julia (que, apesar da implicância interminável de Liz e do fato de Julia ter acesso aos dois Porsches do pai, ela se recusa a vender). Elas sempre foram às reuniões, aos jogos e às competições umas das outras — ela até assistia aos jogos de futebol das amigas, todos, embora nunca soubesse quando comemorar. Mas aí se lembra de que Julia está atolada com os deveres de casa e Liz aparentemente tem outra coisa para fazer, então ninguém foi vê-la dançar.

Kennie é assim: sempre gostou de ser observada. Enquanto Julia não gosta de atenção e Liz mal parece notá-la, Kennie precisa dela como certos indivíduos precisam de cocaína. É o tipo de pessoa que diz coisas que chocam. Gosta quando a encaram, falam e julgam, porque isso significa que alguém está sempre pensando nela. Para ela, esse é o significado de popularidade. E, na verdade, Kennie sempre foi popular.

Meridian é uma cidade pequena, do tipo que é tão fiel ao futebol americano quanto à religião, que tem vários hábitos estranhos que definem *nós* e *eles*, que tem um sistema de castas tácito e inflexível. Em Meridian, a popularidade vai além do ensino médio; engloba a comunidade inteira, as igrejas, as lojas e os locais de trabalho. Há um grupo de cerca de dez famílias que vivem no local desde que a cidade foi fundada e geraram quase todos os atletas, mauricinhos e reis e rainhas do baile. Uma porcentagem muito maior dos habitantes fica no meio da pirâmide social: os que moram no pequeno condomínio perto do country club (porque, na verdade, a elite não representa o ápice econômico de Meridian e se ressente um pouco dos que representam) e quase todos os outros. E há os muito pobres, os recém-chegados, as outras anomalias; é de opinião geral que ninguém deve se associar a esse grupo.

Liz sabia em que grupo ficaria quando se mudou para Meridian. Eu tinha minhas dúvidas, mas ela sabia. Tinha certeza de que sabia como ser feliz.

A equipe de dança se posiciona no palco. Kennie procura outra vez o rosto de Liz, ou de Julia, na multidão e bufa de leve quando não vê nenhuma das duas. *Eu sou mais importante do que dever de casa*.

Ela não sabe por que as espera, pois sua família pertence ao primeiro grupo. Kennie está sempre cercada de amigos. Sua mãe é professora na escola fundamental e treinadora de corrida do ensino médio, seu pai é diácono da igreja, trabalha no banco e participa do conselho escolar, e o rosto de seu tataravô está emoldurado na prefeitura, ao lado de outros nove residentes originais de Meridian.

Liz, relativamente recém-chegada, deveria ter caído no último grupo. Aliás, Julia também – e caiu, até Liz resgatá-la. Kennie não presta muita atenção à popularidade, porque sempre a teve, mas de repente se sente muito feliz por Liz e Julia terem caído no grupo certo, *o dela*, mesmo sem saber muito bem por quê.

Ela não pode se dar ao luxo de pensar muito nisso, porque a posição em que está é extremamente desconfortável e a música vai começar. Enfim, Liz é *Liz*. Popularidade, conclui Kennie, tem muito a ver com autoconfiança. E, para Kennie, Liz tem mais autoconfiança do que toda a população de Meridian.

Apesar de Kennie ser uma das poucas pessoas do mundo que já viram Liz chorar e se enfurecer de frustração, que já viram a parte de Liz Emerson que o resto dela se esforça tanto para esconder, Liz ainda é invencível. Não importa como enxerguem a vida de Kennie de fora, mas há pouca estabilidade. Liz é sua constante. Liz a mantém firme quando seus pais brigam, suas notas despencam e seu mundo oscila.

Kennie termina a contagem e começa os giros, saltos e toca-pés ensaiados. Não pensa mais.

CAPÍTULO ONZE
O penúltimo ano

— *E* para onde você disse que estava indo, filho?

— Para o supermercado — responde Liam.

Ele encara o policial, mas observa a porta com o canto do olho. Ela se abre de novo, e dessa vez a noite traz Lily Maxime e Andrea Carsten, que sem dúvida estão aqui para confirmar os rumores. Odeiam Liz Emerson porque ela as ignorava. Seus olhos estão vermelhos, e elas começam a soluçar quando chegam ao grupo de alunos do Meridian aglomerado ao redor de uma mesa baixa.

Na série de Liam, que está no último ano do colégio, há cento e quarenta e três alunos, e um terço deles está ali. Ele não consegue entender por quê. Liz Emerson derrapou na droga da estrada, está na cara que não é uma noite para ficar dirigindo no escuro.

— Eu estava resolvendo umas coisas para a minha mãe — acrescenta ele.

— E você viu o carro da Elizabeth quando passou?

Liz Emerson, corrige ele automaticamente em sua cabeça. Ela é sempre Liz Emerson para ele. Ele não acha que a conhece bem o bastante para chamá-la apenas pelo primeiro nome. Mas, enfim, ele também não a conhece bem o bastante para pensar nela com a frequência que pensa.

— Vi.

— Como você sabia que era o carro dela?

— Eu reconheceria o carro dela em qualquer lugar.

Ele diz isso sem pensar e se arrepende ao ouvir a pergunta seguinte do policial.

— Vocês eram amigos íntimos?

— Não — diz Liam. — Na verdade, não.

Nem um pouco.

O policial lança um olhar estranho para ele. Liam não se importa. Observa os colegas de turma outra vez, amontoados e sussurrando, chorando nos ombros uns dos outros. Não só chorando: soltando soluços horríveis que fazem tudo tremer, e Liam quer gritar que ela não está morta. Está viva em algum lugar no fim do corredor. Não inteira, mas viva, e todo mundo está soluçando como se ela já tivesse morrido.

Metade dessas pessoas não tem nenhum motivo para estar ali. Na verdade, a maioria, e Liam se pergunta o que Liz Emerson faria se soubesse que Jessie Klayn, que lhe mostra o dedo uma vez por dia quando ela vira as costas, já gastou uma caixa inteira de lenços de papel. E Lena Farr também. Lena Farr, que passou o almoço inteiro falando que Liz Emerson era uma vadia egoísta. Liam ouviu tudo da mesa ao lado.

Provavelmente riria. Liz Emerson riria, e ele fica feliz por ela não estar aqui para ver a cena, porque Liz Emerson já não tinha mais uma risada bonita. Sua risada parecia uma faca na pele.

— Tudo bem — diz o policial. — Bom, por enquanto é isso. Mas podemos procurá-lo mais tarde, garoto.

— Estarei aqui.

Ele não sabe que é sério até dizer a frase em voz alta.

Liz não é uma vadia egoísta.

Se fosse, não teria planejado nada, tudo.

Mas planejou.

CAPÍTULO DOZE
Três semanas antes de Liz Emerson bater com o carro

*E*ra primeiro de janeiro e Liz tinha acabado de chegar a uma casa vazia depois de uma festa de Ano-Novo.

Nunca estivera tão bêbada na vida, e a experiência não era muito agradável. Cambaleou para dentro do hall de entrada e se apoiou na porta para se manter de pé, engolindo algumas vezes para postergar o vômito. Quando fechou os olhos, continuou vendo as luzes pulsantes gravadas em sua escuridão pessoal, o que a deixou tonta. Desistiu e escorregou para o chão, com a cabeça latejando, tudo girando. Precisava de alguém, qualquer pessoa, para tocá-la e lembrá-la de que não era a última pessoa do mundo.

Abriu os olhos, mas o que viu foi o candelabro. A luz era ofuscante, como anjos, como anjos caindo, voando e indo buscá-la, e ela tentou pensar em um motivo para seguir em frente.

Não conseguiu.

Porém conseguiu pensar em mil razões para desistir. Pensou na morte do pai. Pensou que a mãe ainda passaria uma semana fora de casa. Pensou na boca de Kyle Jordan na sua e nas mãos dele no seu corpo, apenas uma hora antes. Fechou os olhos e pensou que ele era o namorado da Kennie, mas ela retribuíra o beijo mesmo assim, porque nunca tinha se sentido tão sozinha quando naquele momento, bêbada, idiota e tentando não chorar na festa de um desconhecido.

Mas, nossa, como explicaria isso a Kennie?

Nunca conseguiria. Voltou a abrir os olhos. A luz ainda os machucava, os anjos ainda caíam, e ela começou a planejar seu suicídio.

Pensou em se entupir de comprimidos. Pensou em encher a banheira de água e fazer aqueles longos cortes nos braços. Pensou em cachecóis e meia-calça e em se pendurar do sótão, como um enfeite. Pensou em um tiro rápido, uma explosão brilhante. Mas elas não tinham uma arma. Ou tinham?

Liz não conseguia se lembrar. Não conseguia se lembrar de nada.

Estava encolhida no meio do hall quando o torpor se esvaiu e as lágrimas vieram, então soluçou com o rosto pressionado no piso de madeira. Lavou o piso com suas lágrimas e o poliu com seu muco. Por fim, criou três regras.

Primeira: seria um acidente. Ou pareceria ser. Pareceria tudo menos suicídio, e ninguém jamais ficaria pensando no que havia feito de errado, no que a levara a desistir. Ela morreria, e talvez todo mundo esquecesse que ela sequer tinha vivido.

Segunda: aconteceria dentro de um mês. Bem, três semanas. Seria no décimo aniversário do dia em que seu pai caíra do telhado e quebrara o pescoço. Ela daria à mãe apenas um dia de tristeza ao ano, em vez de dois.

Terceira: seria em um lugar distante. Ela queria que um desconhecido encontrasse seu corpo, para que ninguém que ela amava a visse desfigurada.

As regras não funcionaram.

Liam a achou. Liam, que a amava desde o primeiro dia do quinto ano, dirigia pela interestadual quando se virou e viu o verde-vivo do suéter dela através do que sobrara da janela.

Sua mãe chora lágrimas silenciosas no corredor da UTI, sussurrando o nome da filha e do marido sem parar, como uma oração, enquanto as lágrimas se acumulam nas costas de suas mãos trêmulas e caem, caem, caem.

E não vou esquecer. Prometo a ela o que ninguém mais pode prometer. Prometo a ela, *sempre*.

CAPÍTULO TREZE
Meia-noite

Tudo está muito quieto. Ao fundo, um chiado distante e bipes. A sala de espera praticamente se esvaziou. Liam adormeceu. O zíper do moletom está entre seu rosto e a janela, imprimindo um padrão dentado em sua bochecha e em sua boca. No bolso, o telefone quase sem bateria vibra com mais uma ligação de sua mãe frenética, mas isso não é o suficiente para acordá-lo.

No corredor, Monica Emerson também dorme, com a cabeça contra a parede. A mulher com a bata hospitalar de dinossauros cor-de-rosa passa, a vê e vai buscar um cobertor. Quando a enfermeira o prende ao redor dos ombros de Monica, ela se mexe e sussurra o nome da filha.

No andar de cima, Julia está sentada no refeitório segurando seu terceiro Red Bull. Ela nunca tinha experimentado a bebida. Não gosta do sabor, nem um pouco, e detesta os tremores, mas pelo menos está acordada. Precisa ficar acordada, e repete isso para si mesma como se fosse impedir suas pálpebras de se fecharem. Não pode dormir hoje à noite. Não vai. Precisa estar acordada quando (se, *se*) as más notícias chegarem, porque não consegue suportar a ideia de ouvi-las ao acordar.

Kennie está chegando em casa. Os resultados da competição acabaram atrasando por causa de uma confusão nas notas, e a equipe de dança ficou lá por horas a mais do que deveria. Não importa. Elas ganharam.
    Bochechas doloridas, barrigas com câimbra.
    Ela passa pela porta da garagem e entra na casa escura. Seus pais estão acordados em quartos separados, o pai trabalhando e a mãe lendo, mas ela não quer ver nenhum dos dois. Precisa carregar o celular, que está sem bateria em seu bolso, mas, de um jeito ou de outro, a treinadora proíbe terminantemente telefones em competições. As meninas precisam se concentrar, se unir ou alguma outra bobagem,

mas ninguém teria concordado com isso se houvesse sinal. Ela liga o carregador na tomada e vai para o banheiro.

Banho. Purpurinas e elastano por um pijama velho.

Volta, verifica o telefone no escuro (a mãe acabou de gritar, mandando-a dormir porque ela tem aula no dia seguinte) e abre o aplicativo do Facebook.

Cabelo molhado no alto da cabeça, uma história por meio de atualizações de status.

Ah meu Deus não acredito a Liz Emerson bateu com o carro ela está no hospital ela não está bem ela está morrendo ela está morta ela não está ela está fique bem Liz estamos rezando por você estamos rezando rezando rezando.

Ela chama os pais aos gritos e vai para o corredor com a tela do telefone acesa. Eles se recusam a deixá-la dirigir até o hospital.

Ela volta para o quarto despedaçada pelos soluços. Fica deitada na escuridão, cercada por travesseiros e um medo imenso.

INSTANTÂNEO: DUAS

Estamos no telhado. É plano, um terraço no qual nunca colocaram um parapeito. A alguns metros de distância, o pai de Liz conserta um vazamento.

Ela arrasta o giz pela superfície gelada enquanto canta. Seu hálito paira no ar. Ela desenha duas meninas, como sempre. A primeira se parece com ela, hoje uma garota agasalhada, de botas, chapéu e um casaco acolchoado. A segunda nunca é igual.

Hoje, estou usando um vestido de lantejoulas. Tenho o cabelo de sua boneca preferida e um par de sapatos que ela mesma criou.

O vento convida a neve fina a dançar, e o sol está em todo canto. Logo, ficaremos entediadas e guardaremos o giz, mas agora estamos felizes. Desenhamos. Cantamos.

Ela termina o salto do meu sapato. Seus dedos estão vermelhos.

É o último desenho no qual vou aparecer.

CAPÍTULO CATORZE
Cinquenta e oito minutos antes de Liz Emerson bater com o carro

*E*la ainda estava em Meridian, entrando na interestadual. Sua mochila estava a seu lado, no banco do carona, com todos os livros didáticos, pois as provas começavam na segunda-feira. Ela a enchera por força do hábito, e agora desejou não ter feito isso. Livros didáticos eram caros.

A maioria de suas notas continuava decente, mesmo que isso se devesse ao fato de que, sem dúvida, alguém perceberia se elas despencassem. Ela estava feliz por sua média continuar intacta. Pelo menos algo estava.

Não, lembrou: ela não tinha terminado o último trabalho de física. Sua nota, que vinha se equilibrando de forma precária em um C-, com certeza tinha caído com aquele zero. Ela conseguira manter um A até começarem a falar de Newton, que o Sr. Eliezer apresentara como um homem que permanecera virgem durante a vida inteira, tipo: *Vamos estudar esse cara que era tão obcecado por física que nem queria transar, ele não é incrível?* E em algum lugar da repentina enchente de velocidade, inércia e força, Liz tinha começado a ficar para trás.

Ela simplesmente não entendia física. Havia um monte de teorias e leis que eles passariam semanas analisando e, no final, o Sr. Eliezer diria que tinham que levar em conta a resistência do ar, a fricção e todas aquelas outras bobagens, então a maioria das leis não podia nem ser aplicada. Para ela, uma ciência que dependia das incertezas da vida era duvidosa.

Mesmo assim, a ideia de que nunca mais precisaria se preocupar com dever de casa, notas ou Newton, o virgem desgraçado, era agradável.

Mas ela fez uma curva fechada demais para entrar na rampa de acesso, e a mochila foi em uma direção enquanto o carro ia em outra, caindo no chão. Liz começou a pensar em objetos se movendo e na primeira Lei de Newton.

Objetos em repouso permanecem em repouso, objetos em movimento permanecem em movimento.

CAPÍTULO QUINZE
Um dia depois de Liz Emerson bater com o carro

Liz sempre detestou faltar aula. Odeia ter de recuperar a matéria e se perguntar o que aconteceu sem ela. Será que falaram dela? Será que a chamaram de vagabunda, vadia e coisas piores enquanto estava ausente? Ela sempre fala das pessoas pelas costas, então presume que todo mundo faça o mesmo. Liz já foi para a aula de ressaca e com enxaqueca, com contusões e torções, gripes e intoxicações alimentares, e uma vez com uma inflamação na garganta que começou uma epidemia de estreptococos na escola inteira.

Mas hoje, sem o baço, com uma perna quebrada, uma das mãos estraçalhada, um pulmão perfurado e uma quantidade de ferimentos internos grande demais para contar, é improvável que Liz Emerson vá à aula.

Julia também fica no hospital, com o que deve ser sua décima lata de Red Bull oscilando nas mãos. Monica está lá, claro, e Liam, que não pretendia passar a noite no hospital, continua dormindo encostado à janela.

Todo mundo já está na escola. Entre as paredes da Meridian High School há um silêncio que parece uma fumaça, uma poluição. Respirá-la é respirar o ar de janeiro: arde a cada inalação, congela dentro de cada pulmão. A uma hora de distância, Liz está morrendo no St. Bartholomew's, mas aqui ela já está morta. Os boatos deixaram muito claro que há pouca esperança para Liz Emerson.

O pior lugar é o refeitório, onde a maior parte dos alunos se reúne antes do sinal, copiando o dever de casa e fofocando. Vejo um relance quando passo, um relance do choque e das lágrimas, e é estranho perceber o silêncio e as pessoas fungando.

Liz teria odiado isso.

Ela teria percebido que a maioria deles não está chorando por ela. Estão chorando por si mesmos, por medo da morte, pela perda da fé na própria invencibilidade, porque, se Liz Emerson é mortal, todos são.

Os professores estão em uma reunião de emergência do corpo docente, onde recebem folhas xerocadas às pressas de "Coisas para dizer a alunos angustiados". A diretora começa a chorar quando diz a todo mundo que Liz só continua viva porque uma máquina respira por ela.

Mas acho que pelo menos alguns dos professores devem estar aliviados, só um pouquinho, com o fato de que Liz Emerson não vai mais frequentar suas aula. Espanhol, porque Liz não parava de mandar mensagens de texto todo dia e nunca participava da aula. Inglês, porque Liz fazia questão de formar opiniões opostas às do professor. Com certeza o período de estudo livre, porque a simples presença de Liz Emerson inspirava todo mundo a fazer idiotices.

Liz não tem exatamente um problema com autoridade. É que antigamente ela gostava de ser Liz Emerson e gostava de mostrar isso, o que significava afrontar professores e desafiá-los a retribuir. E não importa que ela tenha passado a odiar esse comportamento: não conseguia parar.

Os professores que choram: a Sra. Hamilton, que dá aula de psicologia e chora por tudo; a Sra. Haas, que dá aula de história mundial e estava realmente morrendo de preocupação; e o Sr. Eliezer, o professor de física de Liz.

Ele esfrega o maxilar, e ninguém nota as lágrimas em seus olhos. É improvável que Liz um dia consiga recuperar suas notas de física.

Liz Emerson se deu tão mal em física que não conseguiu nem bater o carro direito.

* * *

No andar de cima, os soluços de Kennie enchem o corredor; são mais altos, talvez, que o estritamente necessário. Todo mundo a observa, e uma parte pequena e desprezível de Kennie gosta da atenção. Ela não se dá ao trabalho de sentir culpa por isso. Sua melhor amiga está morrendo e sua outra melhor amiga nem sequer ligou para dar a notícia.

O conforto de Kennie é não estar sozinha; o de Julia, a quietude. Então Julia ainda está no hospital, onde Monica finalmente a encontrou, e Kennie é um desastre de rímel escorrido.

Mas Liz encontrava conforto – torpor, esquecimento – ao jogar coisas e vê-las se espatifar. Ela o encontrava ao sair com sua Mercedes e dirigir quarenta, sessenta quilômetros por hora acima do limite de velocidade, com o teto solar aberto para que o vento fizesse seu cabelo voar. Ela o encontrava em ser temerária, irresponsável, idiota.

Antigamente, Liz encontrava conforto em mim. Antigamente, ela o encontrava em segurar minha mão e sonhar até nossos sonhos se tornarem realidade. Antigamente, o encontrava em simplesmente estar viva. Chegou um momento em que não conseguia mais encontrar conforto em nada. No final, era apenas mais uma garota entupida de sonhos esquecidos, até bater o carro e não ser nem mais isso.

CAPÍTULO DEZESSEIS
Cadeira vazia

*L*iz tem fotografia no primeiro tempo, e nada é feito sem ela. Kennie e Julia também deveriam estar nessa aula, mas não aparecem. A maior parte da turma (pelo menos as garotas) está sentada aos prantos, e o Sr. Dempsey, professor de artes, está mais do que disposto a pegar leve com elas. Ele está morrendo de medo de ter que usar o folheto "Coisas para dizer a alunos angustiados".

Vai para sua sala e tira o portfólio de Liz do arquivo, olhando as fotos – as em preto e branco, as coloridas e as editadas – e tentando se lembrar da garota por trás da câmera. A maioria das fotos tem VSF apressados rabiscados na parte de trás.

O Sr. Dempsey é o tipo de professor que fica tão absorto em uma obra de arte que não nota quando os alunos entram e saem da sala. Ignora sinais e horários, não ouve treinamentos de incêndio (embora, na verdade, isso só tenha acontecido uma vez até agora) e tipicamente dá notas a esmo, no último minuto. Não é que não se importe. É que, em geral, ele esquece.

Liz nunca lhe marcou muito. Ele conhece Julia muito melhor, porque ela é a aluna mais talentosa que ele já teve, e eles têm longas discussões sobre abertura do diafragma, diferentes técnicas de iluminação e a melhor marca de chá Earl Grey. E conhecer Kennie é inevitável, porque ele está sempre lhe dizendo para ficar quieta, sentar ou não derrubar aquela substância química cáustica em especial. Mas Liz... aquela talvez fosse a única aula durante a qual Liz Emerson ficava quieta. A aula atraía a menininha que ela não era mais, a parte dela que ainda ficava maravilhada toda vez que apertava o obturador e capturava um momento.

E suas fotos. A visão do Sr. Dempsey fica levemente embaçada enquanto as olha. Há closes de um gramado coberto de cascalho. Marcas de pneus no estacionamento. Flores perto demais da estrada. Grama pisoteada e queimada pela geada. Um céu nublado através de galhos sem folhas.

A emoção o desarma. Ele nunca tinha notado a crueza das fotos de Liz Emerson, e agora é invadido pela culpa ao notar que é a primeira vez que as olha de verdade.

As fotos deslizam de seu colo, caindo no chão. Ele faz uma tentativa desanimada de pegá-las, mas as deixa, observando-as se espalhar à sua volta. Ele se recosta na cadeira e simplesmente olha para tudo aquilo, o último diário de uma garota moribunda.

A aula de pré-cálculo, no segundo tempo, é cheia de atletas, mauricinhos, patricinhas e outras elites sociais que Liz considerava mais do que conhecidos, mas menos do que amigos. Mas eles se consideravam muito mais que isso, então, quando a Sra. Greenberg fala, "Peguem o trabalho de ontem", a turma se limita a encará-la.

Finalmente, um aluno mais corajoso e meio desesperado se manifesta.

– Qual é, Sra. Greenberg. Você não acha mesmo que a gente tem como se concentrar num momento desses...

A Sra. Greenberg o encara com o olhar penetrante que é sua marca registrada.

– Você foi ao hospital ontem à noite, Sr. Loven?

– Não – murmura ele.

– Então imagino que não estava física nem emocionalmente incapaz de terminar seu trabalho. Devo lhe dar um zero?

No fim das contas, a maioria dos alunos não terminou o trabalho. A Sra. Greenberg tira pontos de todos.

Depois de revisar o dever de casa e responder as perguntas das três pessoas que o fizeram, a Sra. Greenberg, ignorando os olhares incrédulos da turma, entrega os envelopes com a próxima tarefa. Ela escreve o nome de Liz no topo de um deles e o guarda na pasta AUSENTE.

— Sra. Greenberg...

— Sim?

Carly Blake hesita. Ela joga futebol com Liz. Em geral, as duas almoçam na mesma mesa, mas ela não é mais íntima de Liz do que nenhum de seus outros mais-que--conhecidos-menos-que-amigos, e acho que a Sra. Greenberg sabe disso. Seu olhar não vacila quando a boca de Carly treme.

— É que eu não acho... não sei se a gente vai conseguir... quer dizer, a Liz está tão... e todo mundo está tão preocupado...

A Sra. Greenberg a olha com raiva e Carly acaba se calando. A professora larga os envelopes e examina os alunos. Ninguém a encara.

— Tudo bem — diz ela. — Chega. Quero que todos vocês se lembrem de que a Srta. Emerson não está morta. Parem de agir como se estivesse. Até ser notificada de que ela está, de fato, destinada a um caixão, eu me recuso a acreditar nisso. Então, sim, vou guardar os deveres e marcar um dia para ela refazer o teste, embora tenha certeza de que ela vai ignorar ambos descaradamente. Para quem estiver usando o acidente da Liz como motivo para negligenciar o trabalho, garanto que é uma desculpa fraca e desprezível.

Se outro professor tivesse feito esse discurso, a turma teria se amotinado. Muitas coisas podem ser ditas sobre os alunos da Meridian High School, mas ninguém pode acusá-los de deslealdade. Liz é uma *deles*, e, se fosse preciso, eles a teriam defendido até a morte, ou até uma detenção, o que chegasse primeiro.

Mas faz muito tempo que a Sra. Greenberg é amada e odiada por sua franqueza, e há algo em seu olhar que os deixa terrivelmente envergonhados.

Ali, naquela sala, sinto a maré virar. A aula termina e todo mundo sai às pressas. Os boatos mudam. Tudo fofoca, dizem. Liz não está no leito de morte. Liz não está mais morta, e sim se recuperando. Afinal de contas, ela é Liz Emerson.

Pouco antes do terceiro tempo, Julia volta para a escola. Pela primeira vez na vida, ela tem uma aparência desastrosa.

Depois de passar a noite no hospital, ainda veste a mesma calça de moletom e a camiseta com um buraco debaixo do braço. Está com olheiras e tão pálida que sua pele está quase verde.

No instante em que pisa na escola, é cercada por simpatizantes, mas mal percebe.

Julia já viveu algumas tragédias ao longo dos anos, mas foram tragédias restritas a seu mundo: o divórcio dos pais, seu relacionamento frágil e tenso com o pai, a morte de seu hamster. Mas o acidente de Liz é algo terrivelmente imenso e, por mais que tente, Julia não consegue contê-lo em si mesma.

Ela deixou o hospital em uma tentativa inútil de escapar dele. Foi para a escola e também o encontrou lá.

Em seguida, química.

Liz deveria ter feito essa matéria no segundo ano, mas por causa de conflitos de horário e de um orientador extremamente inútil, ela é obrigada a fazer tanto química quanto física durante a penúltima série do ensino médio.

É mesmo uma pena, porque Liz estava ansiosa para fazer química desde a introdução que teve no sexto ano. O que a atraíra inicialmente tinham sido as cores, o azul-vibrante do bico de Bunsen, o vermelho ferruginoso do cobre e o violeta profundo do permanganato. Era a lógica das equações balanceadas, a certeza de que, quando o elemento A fosse misturado ao elemento B, o composto C surgiria. Era como prever o futuro; parecia mágica. Sobretudo, era *existir*: ter que tomar muito cuidado com o ácido hidroclorídrico, se queimar sem querer enquanto acendia um fósforo, descobrir.

Mas, quando ela finalmente conseguiu fazer a matéria, a escola já não tinha mais importância.

Hoje não tem laboratório. Não tem palestra. A turma está em silêncio em uma escuridão iluminada apenas pelo episódio de *Caçadores de Mitos* na tela.

Os alunos olham para a cadeira vazia. Lembram-se do primeiro dia do quinto ano, quando Liz chegou e bagunçou Meridian como só ela podia. Liz Emerson, pensam eles, sempre foi uma força notável.

Estão errados.

CAPÍTULO DEZESSETE
Antes

No primeiro dia do jardim de infância, Liz segurou a perna da calça jeans do pai com toda a força enquanto a professora exageradamente radiante tentava arrastá-la para a sala de aula exageradamente radiante.

Seu pai se abaixou e lhe disse para fazer um pedido.

Lacrimejando, Liz pediu ao pai para ficar com ela.

Ele prometeu nunca partir.

No primeiro dia de aula depois do funeral do pai, Monica levou Liz à escola pela primeira vez. Não tentou abraçá-la, e Liz não lhe pediu para ficar.

* * *

No primeiro dia do quinto ano na Meridian Elementary School, Liz pulou do balanço durante o recreio e foi para a quadra. Chutou uma bola na cara de Jimmy Travis, deixou-o com o nariz sangrando, ganhou o jogo para seu time e, no almoço, sentou na mesa dos populares sem ser convidada. Nunca mais saiu dali.

No primeiro dia do fundamental II, Liz entrou na escola com Kennie a seu lado. No recreio, Jimmy Travis disse que ela era bonita, e ela o beijou ao lado dos balanços.

Eles foram o primeiro casal oficial.

Ela terminou com ele duas semanas mais tarde, quando ele se recusou a deixá-la copiar seu dever de matemática e, nos anos que se seguiram, Liz Emerson raramente ficava sem namorado.

Ela não gostava de nenhum deles.

No dia seguinte à formatura do fundamental II, que acontecia no oitavo ano, ela foi a sua primeira festa e beijou um garoto mais velho chamado Zack Hayes, que tinha lhe dado um copo plástico vermelho com bebida. Ela experimentou a cerveja e detestou, mas esvaziou o copo mesmo assim, e ele voltou a enchê-lo para ela. Aquilo fez o mundo se dissolver e se dissipar ao seu redor como pétalas, e a sensação não foi desagradável. Quando ela cambaleou e caiu, ele a pegou e a levou para um quarto, mas não saiu, e ela não conseguiu encontrar as palavras para pedir que ele fosse embora.

Mais tarde, Julia os encontrou e a tirou de lá, mas Liz não sabia o que tinha acontecido antes de a amiga chegar.

No primeiro dia do primeiro ano do ensino médio, uma aluna mais velha chamada Lori Andersen empurrou Liz em um armário e a chamou de caloura idiota.

Durante o almoço, Liz roubou a chave do carro de Lori, que estava na fila do bufê, ligou o alarme e jogou a chave em um vaso sanitário. Então, enquanto Lori estava furiosa, Liz ofereceu sua solidariedade e um cupom do salão de beleza para uma depilação facial grátis. Lori, que tinha o infeliz hábito de subestimar calouros, aceitou.

Aquele salão em especial pertencia ao tio de Kennie. Ele o abrira ao sair da prisão e descobrir que podia ganhar dinheiro arrancando os pelos das pessoas.

Liz ligou para ele e disse que Lori apareceria depois da aula. Pediu para que, por favor, desse à amiga o tratamento especial, de graça. Ele respondeu que seria um prazer.

No dia seguinte, Lori foi para a escola com uma franja recém-cortada. O corte não caiu bem, ainda que seus amigos tenham garantido que ela estava linda. Tudo correu bem até Lori sair para a aula de educação física e o vento soprar sua franja para trás.

Foi aí que todo mundo viu que Lori Andersen não tinha mais sobrancelhas.

Liz tomou o lugar de Lori na Mesa Central do Refeitório que Era Exatamente Igual às Outras Mesas mas Tinha um Imenso Significado Social.

Mais tarde, ela se perguntaria o que teria acontecido se tivesse deixado seu mundo mudar do jeito que deveria ter mudado. Nas noites em que se lembrava das sobrancelhas depiladas de Lori Andersen, dizia a si mesma que aquilo teria acontecido de um jeito ou de outro. As notas de Lori teriam caído de um jeito ou de outro. Ela teria precisado trabalhar no Subway em vez de ir para a faculdade de um jeito ou de outro.

E, além do mais, as sobrancelhas voltaram a crescer.

CAPÍTULO DEZOITO
Ziplocks

A aula seguinte de Liz é política. Eles deveriam debater a pena de morte, mas hoje até o pelotão a favor quer argumentar que ninguém merece morrer.

Além disso, falta um membro em sua equipe.

Liz não tem os melhores argumentos, mas simplesmente gosta de entrar nas discussões e tem um talento incrível para fazer os outros parecerem idiotas.

Julia também está nessa aula, mas detesta debater. Não que não seja eloquente (provavelmente conseguiria ganhar todos os debates apenas com seu vocabulário), mas não entende generalizações. Não entende por que um lado está completamente certo e o outro, completamente errado.

O que não quer dizer que Julia tenha princípios muito mais firmes do que os de Liz. Ela tem muitos problemas, e o maior deles é o Ziplock que compra do pervertido da loja de eletrônicos RadioShack todo domingo depois da igreja.

Julia fica ali sentada e pensa na briga que teve com Liz anteontem. Apenas dois dias atrás. Olha o relógio e o odeia por seu tique-taque apático e incessante, porque a cada minuto que passa ela fica um passo mais distante de ontem, quando Liz estava ilesa e viva, e o mundo estava bem.

Era uma briga antiga. Ou pelo menos tinha fermentado por um bom tempo. Há dois dias, simplesmente explodiu, eclodiu de ambas, e agora se estende sobre as horas e paira como uma tempestade.

Julia quer voltar para o hospital. Quer se desculpar. Não, quer dizer que vai fazer o que Liz pediu, que vai buscar tratamento, que vai mover o mundo para manter Liz Emerson viva.

Mas não consegue. Buscar tratamento, nem mover o mundo.

Então pensa em como tudo aquilo começou, e o arrependimento cresce cada vez mais até se tornar algo quase tangível que ela pode arrancar, enterrar e destruir.

Quase.

* * *

Começou depois do jogo de boas-vindas do primeiro ano do ensino médio. Elas estavam sentadas atrás da arquibancada com um saco inofensivo de pó branco, que Liz vira saindo do bolso de um desconhecido. Naturalmente, ela o roubara para que experimentassem. Só um pouquinho para cada uma. Kennie estava animada, porque ela era a Kennie, e coisas novas, por mais idiotas que fossem, a deixavam alegre. Liz era indiferente. Só estava fazendo aquilo porque era Liz Emerson.

Mas Julia... Julia estava cética por fora e apavorada por dentro. Suas mãos tremiam enquanto ela observava Liz inalar e, depois, quando Kennie tentou, engasgou e o pó entrou em seus olhos. As mãos de Julia tremeram quando ela pegou o saco e o abriu, e continuaram tremendo quando ela hesitou.

Liz riu.

Julia foi em frente por causa do jeito que Liz a encarou, desafiando-a a se arriscar uma vez na vida. Então ela foi em frente. Arriscou-se enquanto Liz e Kennie esqueciam tudo o que a professora de saúde do ensino fundamental havia ensinado — isto é, presumindo que sequer tinham ouvido qualquer coisa que a professora tinha dito. Que drogas agiam de forma diferente em cada pessoa. Que era de fato possível ficar viciado na primeira vez.

Julia se lembrava. Não importava.

Logo Kennie não conseguia ficar parada, Liz ria e Julia continuava tremendo. A princípio, de forma agradável, mas as outras duas começaram a se aquietar e seu tremor aumentou, porque seus dedos não paravam de pegar mais, até que não sobrou nada.

Dois dias antes de Liz bater com o carro, Julia decidiu que ia acabar com aquilo. Suas notas estavam caindo, e às vezes ela não conseguia respirar. O pai tinha acabado de perder dinheiro na bolsa de valores e ainda estava pagando uma quantia imensa de pensão alimentícia, e o dinheiro que pegava "emprestado" para comprar drogas não passaria despercebido por muito mais tempo.

E Liz... bom, Liz estava bem, certo? Não estava dando dinheiro de mão-beijada para o cara da loja de eletrônicos. Não sabia dos domingos de Julia, quando o mundo era tão luminoso que feria seus olhos, mas ela estava no escuro, sozinha, presa em um corpo que nunca mais obedeceria a sua mente.

Eu não arruinei minha vida, Liz. Foi você.

Mas agora Liz está quase morta e Julia se engasga de arrependimento, e a ironia é a seguinte: por que ela não se sentiu culpada antes? Por que só agora, agora que Liz está morrendo em um quarto branco sob luzes fluorescentes? Por que está relembrando a expressão de Liz depois que Julia jogou a culpa nela?

Ela fez uma cara muito estranha. Como se algo também estivesse se quebrando dentro dela.

Julia olha o relógio. Imagina subir na mesa e tirá-lo da parede, voltando os ponteiros e torcendo para o resto do mundo acompanhar. Vê os corpos embaçados andando para trás, até ela estar de volta no corredor com Liz bem ali, implorando que pare, pare, busque tratamento.

Ela se pergunta o que teria sido diferente se tivesse concordado.

O sinal toca e Julia sai da sala e atravessa a porta da escola. A que fica ao lado da sala da banda, a que ninguém nunca vigia e que fica em um canto escondido das câmeras. Ela, Liz e Kennie já fizeram isso mais de cem vezes.

Ela volta para o hospital.

As pessoas são engraçadas, não é? Tão limitadas.

Ver para crer e tudo isso. Como se vigiar Liz fosse mantê-la viva. Como se, por se lembrarem dela, a conhecessem intimamente. Como se guardassem todos os segredos dela e, ficando por perto, pudessem mantê-la em segurança.

Acho que deve ser porque elas têm uma visão limitada do mundo. Todas aquelas limitações: pupilas para focar, pálpebras para fechar, distâncias para atravessar, tempo para navegar.

Será que não percebem?

O pensamento existe em todo lugar.

O que Julia não sabe é o seguinte: Liz sabia. Liz sempre soube que as drogas estavam destruindo a vida de Julia. Ela sabia que a culpa era dela. Sabia que os Ziplocks deixavam a amiga solitária, mas não sabia como ajudar.

Em certas noites, Liz olhava para trás e contava os cadáveres, todas as vidas que tinha arruinado pelo simples fato de existir. Então escolheu deixar de existir.

CAPÍTULO DEZENOVE
O sofá marrom, primeiro de janeiro

Depois de vomitar, Liz desceu até o porão com uma caneta e sentou no sofá.

O sofá, uma coisa velha e marrom, manchada de lembranças e suco de laranja em vez de ressacas e vinho. Monica o guardara lá embaixo depois de comprar o sofá branco, e o tecido cheirava a poeira quando Liz encostou o rosto nele. Ninguém ia muito lá embaixo. Aquele sofá era um dos últimos móveis da casa antiga, daquela outra vida, quando Liz tinha um pai que nunca partiria e uma mãe que não tinha nenhuma tristeza que precisasse enterrar no trabalho.

Quando ela me tinha.

Ela ergueu a manga e escreveu suas três regras no braço, para não esquecer. Ela as sublinhou, e acrescentou:

AQUI JAZ LIZ EMERSON.

INSTANTÂNEO: ESCONDERIJO

A casa é branca com venezianas azuis, e há um aconchego indefinível nela. Mais para o lado, Liz está atrás de um arbusto, empurrando as folhas com as mãos. Já brincamos de esconde-esconde pelo menos mil vezes aqui. Liz conta até cem e depois procura em todo canto, como se não conseguisse ouvir minha risadinha, como se eu fosse me esconder em algum outro lugar além de atrás do sofá marrom.

Logo Liz vai começar a crescer. Conforme for ficando mais velha, terá menos interesse em procurar, se distrairá mais facilmente com a televisão, petiscos e histórias, se importará cada vez menos se vou ser encontrada ou não algum dia.

Um dia, ela vai contar, e vou me esconder atrás do sofá marrom.

E ela se esquecerá de procurar.

CAPÍTULO VINTE
Cinquenta e cinco minutos antes de Liz Emerson bater com o carro

Ela estava dolorosamente consciente de que o tempo escorria entre seus dedos, e se perguntava se sempre tinha passado tão rápido. Parecia que o dia em que ela comprara seu primeiro sutiã tinha sido na véspera, e a sensação era de que a formatura do ensino fundamental havia ocorrido na antevéspera. Uma semana antes, havia tirado as rodinhas de sua bicicleta por conta própria e andado quase um metro e meio antes que a bicicleta se desmontasse porque ela tinha soltado um parafuso a mais.

Quem dera o tempo passasse assim tão rápido durante a aula de física.

Do lado de fora do carro a neve tinha voltado a cair. Pequenas partículas parecidas com caspa. *Gravidade*, pensou Liz. *Maldita gravidade*, e de repente aquelas pontadas de tristeza suprimidas se transformaram em algo muito maior. Ela nunca entenderia, não é? Gravidade e inércia, força, massa e aceleração, ela nunca saberia *por quê*.

Olhou o relógio e pensou: *Eu ainda tenho tempo.*

Objetos em repouso.

Mas era como estar em uma prova cronometrada, e sua mente fez o que sempre fazia durante provas cronometradas: começou a divagar, e logo Liz estava pensando no quarto ano, um ano antes de sua mãe ser promovida e a família se mudar para Meridian. Na época, eram objetos em repouso.

O quarto ano foi confuso, ela só se lembrava dos eventos mais vagos e clichês: jogar kickball no recreio, furar a fila do almoço, ser pega e subsequentemente sentenciada a cinco minutos de castigo. Frações.

Liz não tinha amigos de verdade na época. Ela conhecia algumas pessoas, sentava com um grande grupo durante o almoço e se divertia bastante. Mas seus amigos eram intercambiáveis. Por algum motivo, todos pareciam ser temporários.

E ela certamente não pertencia ao grupo de garotas que usavam saias e tênis combinando. *Aquela* Liz Emerson se contentava com seu lugar a um passo dos holofotes. Ela se sentia confortável com seu semianonimato tranquilo.

Havia uma garota em especial, Mackenzie Bates, que era muito popular de acordo com os padrões do quarto ano, o que basicamente significava que ela levava os melhores lanches nas lancheiras mais bonitas e era a mais alta da turma. Quando Mackenzie falava, o quarto ano ouvia.

Depois de alguns meses, uma garota chamada Melody Lace Blair chegou à escola. Seus pais eram hippies da Califórnia, e Melody ia à aula de jardineira (*jardineira*, o pecado mais mortal e horroroso). Isso seria o bastante para excluí-la, mesmo que Mackenzie não tivesse desenvolvido um ódio imediato e intenso por ela.

As duas não só compartilhavam as iniciais do nome, mas Melody era exatamente dois centímetros e meio mais alta que Mackenzie.

Tudo havia começado de forma inofensiva. Comentários sarcásticos sussurrados. Olhares do lado oposto da sala. Mas logo Mackenzie envolveu seu grupo de amigas com roupas iguais e as coisas começaram a piorar.

Em um ou outro momento, a maioria dos alunos do quarto ano se lembrava das palestras antibullying a que tinham assistido. Eles lembravam que haviam concordado prontamente em se manifestar se vissem alguém sofrer bullying.

Mas aos poucos, e depois com mais força, o quarto ano passou a concordar com Mackenzie. Melody era diferente, diferente era estranho, estranho era ruim. Simples assim. Talvez os alunos não tenham participado ativamente da destruição de Melody Blair, mas seu silêncio e sua disposição em fazer vista grossa deram poder a Mackenzie.

Então, enquanto todas as outras pessoas se tornaram cegas ao que dizia respeito a Melody, Liz continuou observando. Tentou entender por que todo mundo tinha tanto medo de ser diferente, e por que ela também tinha. Cem vezes ela abriu a boca para defender Melody, e cem vezes a fechou. Teria sido uma passagem sem volta para a linha de tiro.

Fale alguma coisa, falei para ela, mais de uma vez. *Fale alguma coisa. Você prometeu.*

Ela não estava escutando.

O duelo final aconteceu no começo da primavera, em um dos primeiros dias em que os alunos tiveram permissão de passar o recreio ao ar livre outra vez. Talvez Mackenzie estivesse entediada, talvez a mudança no clima também exigisse uma mudança nos padrões do pátio do colégio, ou talvez simplesmente estivesse passando por uma puberdade precoce. Fosse qual fosse a razão, ela encurralou Melody e a destroçou com palavras.

Não demorou muito para o restante dos alunos do quarto ano perceber e se aproximar. Liz estava em um brinquedo com outras garotas, mas, uma a uma, elas foram olhar. Por fim, Liz também foi. Não conseguiu evitar. Havia uma atração sombria na destruição, e quem era ela para resistir?

Em meio à maioria silenciosa, Liz não era a única que se sentia culpada. A culpa, entretanto, não tinha força suficiente para afastá-los do lado vencedor. Então Liz e todos os outros ficaram parados, ouvindo Mackenzie e suas amigas se tornarem cada vez mais cruéis.

— Você é tão feia que deve quebrar todos os espelhos em que se olha.

— As suas roupas são, tipo, totalmente horrendas.

— Você tem um cheiro tão estranho. Tome um banho, sua ridícula.

Entre os gritos e deboches de seu grupo de amigos playboys em miniatura, Mack Jennings gritou que Melody era gorda, e em questão de minutos todo mundo se organizou em um círculo. Um por um, os alunos diziam algo de que não gostavam em Melody.

Quando se viu naquele círculo, Liz não se moveu.

Eu tentei empurrá-la, mas também não tinha força suficiente.

Nem um quarto das pessoas tinha falado quando Melody começou a chorar. Ela estava cercada, perdida e de olhos arregalados, trêmula, assustada e confusa, buscando respostas nos olhos que se recusavam a encarar os dela.

— Por que você sempre anda com o nariz empinado assim? Acha que é melhor que a gente?

— Você tem algum problema nos pés ou sempre anda como uma aleijada?

Então chegou a vez de Liz. Ela hesitou, então todo mundo se virou para ela, e Liz olhou para Melody. Olhou para seu rosto molhado de lágrimas e para seus olhos vermelhos e viu algo que também a deixou com vontade de chorar.

— Liz — disse Mackenzie, impaciente.

Liz abriu a boca e disse em um tom baixo e rápido:

— Qual é o dia do seu aniversário?

Houve um silêncio breve e confuso. Nele, Liz viu a esperança de Melody crescer infinitesimalmente, então desviou os olhos ao despedaçá-la.

— Acho que vou comprar um dicionário para você — disse ela, ainda às pressas. As palavras caíam e respingavam como chuva. — Para você procurar "normal". Está na cara que não sabe o que isso significa.

Mackenzie riu. Todo mundo riu.

Liz olhou para o chão.

Eu tentei pegar sua mão, mas ela me escapou.

Então, de repente, Melody abriu caminho entre a multidão e correu para dentro da escola. Os monitores do recreio, que estavam ocupados tentando arrancar os alunos do jardim de infância da parede de escalada, não perceberam nada. Mackenzie ficou imóvel por um instante, desorientada depois que sua artista de circo tinha desaparecido. Então se recompôs e saiu com as amigas. Pouco a pouco, todo mundo também se afastou.

Menos Liz. Ela esperou até não haver ninguém olhando e entrou.

Verificou a sala de aula e o guarda-volumes e, como não encontrou Melody, foi para o banheiro feminino. Como era de esperar, ouviu os soluços assim que abriu a porta. Entrou com cautela, fazendo o mínimo possível de ruído com os tênis nos ladrilhos, e viu os pés de Melody balançando sob a porta da cabine enquanto a menina chorava sentada.

Mas, no fim das contas, Liz não fez nada. Observou por mais um momento, depois voltou para fora e se juntou a suas amigas nos brinquedos.

Liz se lembraria desse dia durante pré-algebra, sentada diante de um teste surpresa em branco. Mackenzie havia sido a inspiração para o pedaço de papel que ela tinha passado pela turma, no qual cada um escrevera uma coisa de que não gostava a respeito da menina nova que usava roupas estranhas, e o fato de ter visto os pés pendurados, de tê-los observado, foi o que fez com que eventualmente ficasse amiga de Julia.

Um dia, anos depois, Liz foi à praia com Kennie e Julia. Kennie estava no mar, Julia dormia ao sol, e Liz tentava tirar a areia de seu telefone quando viu o obituário de uma garota chamada Melody Lace Blair, encontrada morta na banheira. A polícia suspeitava de suicídio.

A antiga cidade de Liz tinha feito um evento em homenagem à menina, segundo o obituário. Quando os alunos se reuniram para relembrar Melody, uma garota fez um discurso tocante sobre a pessoa linda, forte e maravilhosa que Melody tinha sido, dizendo que ela nunca seria esquecida.

Por incrível que pareça, a oradora tinha exatamente as mesmas iniciais de Melody.

CAPÍTULO VINTE E UM
Cinquenta minutos antes de Liz Emerson bater com o carro

Ela apertou o volante e se perguntou se Melody tinha percebido.

Que Liz estivera ali.

Que vira seus pés balançando.

Impossível. Se soubesse, teria dito alguma coisa. Afinal de contas, elas estavam sozinhas. Melody poderia ter insultado Liz à vontade, sem dúvida teria feito isso se tivesse percebido que Liz estivera lá. Poderia ter dito a pior coisa do mundo, e Liz gostaria que isso tivesse acontecido. Porque aí ela teria a chance de morrer acreditando que os humanos são criaturas inerentemente horríveis, e talvez sua consciência estivesse um pouco mais leve enquanto dirigia o carro.

Mas parte de Liz se perguntava se Melody já tinha aprendido o que Liz levara dezesseis anos para entender (e, mesmo assim, só depois arrancar a citação de Gandhi que vira no livro de História): que olho por olho deixa o mundo inteiro cego.

Objetos em repouso. Parada olhando, olhando parada.

Como reunir forças para colocar um objeto em movimento?

Aquilo era uma charada? Uma questão de prova? Não importava. Ela sabia a resposta.

Acelerou o carro.

INSTANTÂNEO: PROMESSA

Liz está segurando a minha mão. Os créditos de um programa infantil passam ao fundo. Era sobre pessoas boas e pessoas más, e apresentava o bullying e a crueldade em termos muito simples. Liz tinha pegado a minha mão, e agora me pede para fazer com ela a promessa de sermos para sempre pessoas boas. Nunca magoar ninguém. Defender o que é certo, sempre.

Vejo sinceridade em seus olhos, a crença de que podemos ser heroínas, então concordo.

CAPÍTULO VINTE E DOIS
Nuncas e para sempres

Julia dirige até o hospital de olho no ponteiro do combustível, que entra de forma preocupante na reserva, e ela não está com o cartão de crédito. Sua carteira continua sobre a cama. Ela se esqueceu de pegá-la ao sair para o hospital na tarde de ontem, e não quis ir em casa buscá-la. O pai tinha deixado uma mensagem de voz dizendo exatamente o que achava do fato de ela ter passado a noite no hospital, e ela não quer que ele saiba que também matou aula.

O relacionamento de Julia com o pai é distante e muito amargo. Ela o culpa pelo caso com uma amante e pelo divórcio subsequente e, além disso, ele está sempre decepcionado com alguma coisa. Nas poucas ocasiões em que relembra sua infância, Julia só vê seus fracassos, porque todo mundo só parecia se concentrar nisso. Nada era completamente bom, só um pouco melhor, e seu maior medo sempre foi decepcionar as pessoas.

Liz tem medo do silêncio, mas Julia se acostumou a ele há muito tempo. É mais denso em sua casa do que na de Liz, pois ela evita o pai na maioria das noites, e ele não faz nada para mudar isso. Julia não sabe se quer que ele o faça. Ela tem segredos demais, e, enquanto ele não prestar atenção, ela pode continuar a usar a conta bancária dele.

Julia dirige e tenta não pensar no assunto. Dá uma olhada pelo retrovisor. Nele, está pendurado um par de bolas de borracha, unidas com cola quente e amarradas com lã, e Julia estende a mão para elas.

Elas tinham ido esquiar em um resort horrível que era tudo o que se podia esperar de qualquer coisa a duas horas de Meridian. A pista de esqui tinha parecido pequena quando olhada da base, mas do alto podia ser comparada ao Everest, e, por mais que tentasse, Julia simplesmente não conseguira reunir a coragem para se inclinar para a frente e descer. Liz olhara seu rosto e, pelo menos uma vez, tinha ficado quieta. Elas desceram de teleférico e foram embora, e Liz esperou até elas saírem do estacionamento para começar a rir.

— Seja homem — disse ela enquanto Julia dirigia o Ford Falcon rumo à interestadual.

Julia amava seu carro, que tinha apelidado carinhosamente de Mattie (abreviação de Matilda), e todas as outras pessoas o tinham apelidado, menos carinhosamente, de Bosta. Ela adorava o cheiro de livro velho com um toque de fumaça de charuto que havia no interior. Amava o fato de que ele tinha história, embora o vendedor de carros tivesse se recusado a contá-la. Ela não se importava: inventou a própria história, que incluía um rico filantropo do Sul do país, um curto caso de amor e um gato laranja abandonado.

— O primeiro dos meus três desejos — disse Julia em um tom seco. — Encontre uma lâmpada para mim.

— O Jem Hayden — disse Liz imediatamente. — Você pode esfregá-lo...

— Liz!

— ... claro que ele deixaria você pegar as bolas dele emprestadas. Ainda que... — continuou Liz, fazendo uma pausa. — Talvez ele não seja hétero. Não sei, Jules. Você não acha que ele parece gay? Um pouquinho? Ele já tentou tirar a sua roupa?

— Ai, meu D...

— Não tentou? Ele é gay. Jules, *eu* mal consigo olhar para você sem querer pular as preliminares e ir direto ao que interessa.

A verdade era que ele *tinha* tentado, e Julia o interrompera porque não tinha certeza. Todo mundo a pressionava para ficar com o Jem, porque ele era bonito, inteligente e popular, e eles formariam um casal *lindo*. Ela não conseguia imaginar aquilo. Ele era entediante e sempre falava olhando para o peito dela.

— Nossa, Liz. Cala a boca.

Na semana seguinte, Julia encontrara duas bolas de borracha esperando em seu banco do carona, junto com um bilhete que dizia PRIMEIRO PASSO PARA VIRAR HOMEM: AGORA VOCÊ JÁ TEM AS BOLAS.

Julia sorriu.

Às vezes era difícil gostar de Liz Emerson. Mas era muito fácil amá-la.

A vinte e cinco quilômetros do local do acidente, Julia pega uma rampa de saída porque não sabe se consegue passar pelo local da batida outra vez. Ela ainda vê a Mercedes quando fecha os olhos, e, apesar de todos os destroços retorcidos terem sido levados embora, ela não quer ver a colina, a árvore, as marcas dos pneus.

Julia esquece que Kennie ainda está na escola, provavelmente procurando uma carona para o hospital. Não se lembra de todos os pequenos comentários que Liz fez de passagem, dizendo que achava funerais idiotas e que não queria gente chorando por ela quando morresse. Ela só consegue pensar que Liz estava na mesma estrada ontem, que ontem a Mercedes atravessou intacta *a mesma estrada*. Os carros que passam, os azuis, poderiam ser a Mercedes. Liz poderia estar em um deles, ilesa e risonha. Mas, se passar pelo local do acidente, se o vir, Julia não poderá mais fingir. Liz não passou da árvore, da colina.

Julia se pergunta para onde Liz estava indo. Para o shopping? Mas ela não tinha ido lá havia poucos dias?

Quase sem combustível, ela pega uma saída e entra no McNojos (assim batizado no oitavo ano quando surgiram os *wraps*, que a princípio Liz chamara de McRolos e, depois de comer um, de McNojos; e o nome eventualmente passara a definir a lanchonete como um todo). Julia estaciona e entra, e imediatamente a gordura, o barulho e o cheiro de carne a envolvem. Seu estômago se revira. Julia é vegetariana desde o quarto ano, quando sua turma fez uma excursão a uma fazenda orgânica. Ela recebera um beijo molhado de um bezerro e tinha se apaixonado, e na volta de ônibus, ao descobrir que ele estava destinado a virar hambúrguer, jurou que nunca mais comeria carne.

Mas o que lhe tira o fôlego é o seguinte: a gordura borbulhante, os gritos. O casal velho bebendo café perto da janela, sorrindo de mãos dadas. O pai cansado com trigêmeos que brigam por um sachê de ketchup. O grupo de alunos do ensino fundamental amontoado ao redor de uma mesa, talvez matando aula pela primeira vez na vida, rindo.

Ela odeia todos eles.

Por sorrirem. Por rirem. Por estarem bem, despreocupados e felizes enquanto Liz está no hospital com um pulmão perfurado, uma perna quebrada, uma das mãos despedaçada e ferimentos internos demais para contar. Ninguém deveria estar feliz. O sol não deveria ter permissão de brilhar. O mundo inteiro deveria parar por Liz Emerson.

Julia não precisa ver o local da batida para desmoronar. O que a faz desmoronar é um pouco de barulho, algumas luzes e felicidade.

Ela está no chão sem saber muito bem como chegou ali, com os joelhos no peito e os braços abraçando com força o corpo. Seus olhos estão fechados, e ela finge estar sozinha naquela escuridão. Diz o nome de Liz e, depois, repete várias vezes, até que ele fica indistinto e sem sentido entre seus lábios, um feitiço fraco demais para rebobinar o mundo.

Liz.

Liz Liz Liz Liz Liz Liz Liz.

Logo ela é cercada por funcionários do McNojos, pelo casal velho, pelo pai com trigêmeos e pelos estudantes do ensino fundamental. Vozes frenéticas, mãos em seus cotovelos. Por um instante, ela fica assustada. Sem dúvida uma daquelas pessoas que a observam verá os erros saindo por seus poros, os dentes amarelados, as olheiras, os dedos trêmulos.

Mas ela se enterra mais fundo e as lembranças a invadem: todas as vezes que ela, Liz e Kennie saíram escondidas para ir às melhores e às piores festas, todas as coisas completamente insanas que fizeram, todas as tardes tranquilas passadas na sala de Liz pintando as unhas dos pés enquanto a TV murmurava ao fundo.

Ela pensa que é muito, muito improvável que ela, Liz e Kennie voltem a fazer algo assim.

Nuncas e para sempres. São os maiores medos de Julia.

– Eu me apaixonei em um drive-through, querida – conta a gerente gorda e alegre que a leva ao hospital. Ela fez um de seus funcionários abastecer Mattie e dirigi-la atrás delas e, melhor de tudo, não quis nenhuma explicação quando Julia lhe pediu para evitar a interestadual. – Ele era meu caixa. Eu pedi um Big Mac e paguei com o meu coração. Não é a coisa mais triste que você já ouviu? Vou te contar uma coisa, querida: os homens morrem de medo de bebês. Tudo bem. Eu morro de medo de compromisso. E não tem sido fácil, não mesmo, mas não estamos indo tão mal, não é? Estamos mantendo a cabeça erguida...

Julia faz o melhor que pode para escutar. É o mínimo que pode fazer, mas, enquanto seu coração se despedaça aos poucos, o restante dela está inquieto. No bolso direito da frente de sua mochila há um Ziplock quase vazio, e ela agarra a maçaneta da porta para não buscar uma gratificação instantânea, uma fuga.

Nesse momento, Julia adoraria trocar de lugar com Liz, e se odeia por isso.

Julia vai para o hospital.

Mesmo sem querer, tem esperança.

Sofre uma enorme decepção.

Liz está entrando em outra cirurgia. Em algum momento da manhã, as batidas de seu coração tinham ficado irregulares. Dez minutos antes, ele tinha começado a falhar. Agora, ela está exposta sob luzes brancas e bisturis. O Dr. Henderson trabalha nela, pensando na anotação da ficha médica: DOADORA DE ÓRGÃOS. Ele reflete sobre essa ironia enquanto trabalha. Liz Emerson nunca doará os órgãos porque estão todos destruídos, e ele não sabe se conseguirão outros para substituí-los com a rapidez necessária.

Parece que Julia pode ter chegado bem a tempo de ver todos os seus medos se tornarem realidade.

CAPÍTULO VINTE E TRÊS
Planos, primeiro de janeiro

Ela tirou um cochilo no sofá marrom, com o braço sobre os olhos, e continuou a planejar quando acordou com seu suicídio estampado ao contrário na bochecha e AQUI JAZ LIZ EMERSON na testa.

A festa não tinha sido o catalizador. Nem sua idiotice. Nem suas mãos por todo o corpo lindo do garoto que tinha engravidado Kennie. Não era a raiva que rasgava suas entranhas, raiva de toda aquela idiotice, raiva do mundo, raiva que a fez enfiar as unhas na pele de Kyle enquanto sua boca ia de encontro à dele.

Não, a festa tinha sido apenas a gota d'água.

Ela andava desesperada para sentir alguma coisa, qualquer coisa. Precisava de uma janela, porque tinha partido seu coração jogando-o em portas trancadas.

Liz se levantou do sofá marrom, olhou para baixo e viu um desastre natural. Ela não conseguia existir sem destruir tudo o que a cercava.

Nas duas semanas seguintes, Liz Emerson esboçou os planos e os revisou. Pesquisou, certificou-se de ter dinheiro suficiente para o combustível e marcou uma data.

E também deu uma saída a si mesma.

Uma semana, foi o que se permitiu. Uma semana antes do último dia. Pensou em Julia se enchendo de drogas e Kennie se esvaziando, então entendeu. A vida era preciosa. Ela sabia disso, sabia profundamente, então tentaria de novo. Tentaria o que tentara na noite da festa, mas dessa vez faria tudo direito. Sete dias, sete chances. Acordaria mais sete vezes e procuraria uma razão para continuar. Daria ao mundo uma semana para fazê-la mudar de ideia.

Mas também sabia que a vida era frágil. Se aquela semana falhasse, sabia como estilhaçá-la.

CAPÍTULO VINTE E QUATRO
Sete dias antes de Liz Emerson bater com o carro

A maioria das garotas da equipe da escola jogava na liga de futebol de salão de inverno porque o pai de Julia tinha se oferecido para pagar para todo mundo esse ano, como parte de sua tentativa anual de consertar o relacionamento com a filha. Todas estavam exaustas por causa da prova de pré-cálculo, e a atmosfera no vestiário estava mais quieta do que de costume. O time adversário daquele dia era composto por garotas de uma escola da Primeira Divisão. Elas sabiam que o jogo ia ser desastroso.

Enquanto todas as outras ajustavam suas caneleiras e faziam alongamentos de última hora, Liz ficou sentada no banco, olhou para cada uma delas e percebeu que, apesar de ter passado os sete anos anteriores com aquelas garotas, não sabia nada além dos detalhes mais superficiais sobre elas. Jenna Haverick cabeceava muito bem e tinha um cachorro chamado Napoleão. Skyler Matthews era destra, mas chutava com o pé esquerdo, e só comia sorvete de manteiga de nozes pecã. Allison Chevero tinha muito talento para fazer faltas parecerem acidentais e uma tatuagem vulgar no cóccix que seus pais ainda não tinham visto.

Com a exceção de Julia, aquelas garotas eram menos do que desconhecidas. Eram pessoas com quem ela tinha passado anos e anos, mas que nunca haviam despertado sua curiosidade. Nunca perguntara sobre seus medos, fracassos, sucessos e dificuldades. Simplesmente não se *importava* muito, e, sentada no banco cercada pelo time, ela foi dominada pela absoluta tristeza relacionada com aquele fato. Ela conhecia tanta gente, tanta, mas para quê? De quantos ela realmente gostava? Quantos realmente gostavam dela?

— Liz?

Ela ergueu o rosto. Julia estava parada a seu lado com a testa um pouco franzida enquanto prendia o cabelo em um rabo de cavalo alto. Liz nunca ficara tão grata a Julia quanto naquele momento, nunca se sentira tão culpada por ver as olheiras da amiga.

Julia percebeu. Sentou sem dizer nada, esperando. Deu uma escolha a Liz.

Infelizmente, Liz escolheu mal.

Ela queria dizer coisas demais a Julia. Queria se desculpar por mil coisas. Queria dizer como era desesperadamente grata por ter ela e Kennie em sua vida. Queria dizer que era impossível imaginar amigas melhores, mas tudo isso parecia uma idiotice em sua cabeça, então ela se limitou a se levantar e dizer:

— Vem. Vamos acabar com elas.

O resto do time aplaudiu e gritou, e todas saíram do vestiário juntas. Mas algumas garotas foram pegar suas garrafas d'água e outras tinham que buscar grampos e elásticos de cabelo, e quando Liz chegou ao campo havia apenas uma fração do time ali.

O treinador Gilson franziu a testa quando as viu.

— Cadê todo mundo?

— Estão vindo — respondeu Liz, mas a palavra ficou presa em sua garganta.

Uma infelicidade estranha cresceu dentro dela ao dizer aquilo, porque estava mais uma vez fazendo promessas que não tinha como cumprir.

No entanto, o time acabou se reagrupando. O árbitro jogou uma moeda, as garotas foram para suas posições e Liz tentou se concentrar no jogo.

Mas algo aterrorizante dominava seus pensamentos e não passava. Das sete bilhões de pessoas que compartilhavam o planeta com ela, nenhuma sabia o que se passava em sua cabeça. Nenhuma sabia que ela estava perdida. Ninguém perguntara.

O apito soou.

Em geral, o futebol lhe permitia esquecer. Ela tinha se apaixonado pelo esporte por causa da maneira como a atividade a consumia, a engolia, tomava toda a sua atenção e a guardava em uma bola que elas perseguiam, chutavam e passavam umas para as outras como um segredo. Ela era obcecada pela imprevisibilidade. Era completamente viciada na adrenalina.

Uma vez, um repórter do anuário do colégio pedira a Liz para descrever aquilo de que mais gostava no futebol. O que lhe veio à mente foi o seguinte: a hora em que o pé tocava a bola no ângulo perfeito, com a força exata e no momento certo. Era raro, e esses momentos extremamente raros eram o motivo pelo qual seu estranho ardor pelo futebol havia se enraizado e se tornado algo imenso. Ela tinha uma sensação de *perfeição* depois de cada passe bonito, de cada chute alto. Nunca conseguia descrever de forma exata, mas era como colocar a última peça de um quebra-cabeça, enfiar uma chave na fechadura ou ter certeza absoluta, de alguma forma, de que *era isso*. Naqueles momentos, o mundo prendia a respiração e tudo se encaixava. No meio disso tudo, ela sabia.

Mas, durante a entrevista, o que ela disse foi: "Vencer."

Nesse jogo, o time não venceu e ela não teve a sensação.

Elas foram massacradas. O primeiro tempo foi uma vergonha completa. Quando voltaram para o vestiário no intervalo, o placar brilhava 4 x 0 a suas costas.

Estavam ficando desesperadas, sobretudo Liz, quando tomaram mais um gol aos cinco minutos do segundo tempo. Ela queria que aquele fosse o dia que a faria mudar de ideia. Tinha esperado um daqueles momentos de conexão, de olhar em volta e se lembrar de que o mundo fazia sentido, de que algumas coisas desmoronavam para que outras pudessem surgir.

Mas seus passes estavam descuidados e todos os seus chutes foram para fora.

Nos primeiros dez minutos do segundo tempo, o time recebeu seis cartões amarelos. Ellen Baseny levou um cartão vermelho por mandar o árbitro se foder, e dois torcedores foram expulsos por mostrar a bunda.

Liz tentou um gol. O jogo estava em 5 x 1 a dois minutos do final, e ela sabia que era uma causa perdida. E daí? Ela era uma causa perdida e estava se esforçando, certo?

— Cuidado para não errar de novo, piranha — murmurou uma das zagueiras do outro time. E riu.

Então Liz mirou nela.

Se a zagueira conhecesse a reputação de Liz Emerson, teria ficado calada. Não só a reputação de Liz como pessoa, mas também a fama de ter o chute mais forte do estado.

A zagueira foi levada às pressas para o pronto-socorro. Liz tomou um cartão amarelo. O árbitro concluiu que Liz não fizera aquilo por querer. Afinal de contas, ela *estava* tentando marcar o gol e a zagueira estava no caminho.

E Liz Emerson se safou de mais uma.

O apito final soou, mas ela ficou no campo por um tempo. Olhou o domo fluorescente, as marcas das chuteiras no gramado, sem vontade de se mexer. Estava exausta. Nunca mais queria se mover.

No fim das contas, foi para o vestiário tirar a camiseta suada, disposta a ir para casa, talvez vasculhar a adega da mãe e beber no sofá branco. Mas, quando chegou lá, todo mundo estava rindo.

— Nossa, Liz, você *arrasou* a garota. Cara, foi *incrível*.

— *Cirurgia*. Aquela escrota vai precisar de *cirurgia*.

— Isso aí. Ela merece.

Aquilo a deixou enjoada. Liz fechou os olhos por um instante enquanto enfiava tudo na bolsa. Nossa. O que tinha passado pela sua cabeça? Ela nem conseguia lembrar. Tinha sido uma estupidez, e não só isso, tinha sido cruel. A outra garota teria que pagar a cirurgia e a fisioterapia e, sem dúvida, ficaria no banco pelo resto da temporada.

Liz imaginou a situação inversa. Imaginou perder uma temporada inteira, não ter sequer o futebol para distrair sua mente...

Saiu do clube e ficou parada no ar gelado. Sentiu uma gota de suor congelar ao descer por sua coluna, ergueu o rosto para olhar o céu e perguntou: *Por quê?*

Depois entrou no carro e, no caminho de casa, lembrou que não tinha se registrado como doadora de órgãos. Não quisera fazer isso ao tirar a carteira de motorista – seu corpo era *seu*. Pisou no freio e fez uma curva fechada, mostrando o dedo para o cara que buzinou. Foi para a clínica local.

Cinto minutos depois, a prancheta com a papelada estava em seu colo. Os dedos seguravam a caneta com força, e os olhos estavam fechados. Em sua mente, ela fazia uma lista. O título era *Coisas que eu fiz direito*, e aquele era o primeiro item.

Em uma semana, pensou ela, *serão dois.*

E meu coração vai bater por alguém que o mereça.

CAPÍTULO VINTE E CINCO
Hábitos de direção

— Nossa, mãe – dispara Kennie. – Por que você não dirige mais devagar ainda?

— Já estou três quilômetros acima do limite de velocidade, Kennie.

Kennie tem certeza de que a mãe é a única pessoa do mundo que já recebeu uma multa por dirigir *devagar* demais. Foi no primeiro ano; ela chegou atrasada na aula e até as mulheres da secretaria riram dela, aquelas escrotas, o que a deixa ainda mais irritada por Julia tê-la abandonado e por sua mãe não tê-la deixado ir para o hospital de carona com Carly Blake.

Liz.

— Eu mesma poderia ter dirigido — diz Kennie.

— Depois de tudo o que aconteceu ultimamente, não acho que teria sido uma boa ideia.

E ela recomeça o sermão, seu discurso preferido, todas as estatísticas sobre acidentes de carro e seguro, e Kennie a ignora como sempre. Olha pela janela e procura sinais da batida.

Ela não sabe exatamente onde foi, o Facebook não foi específico, mas procura e conclui que vai acabar encontrando em algum lugar do caminho. Precisa ver o lugar que derrotou Liz Emerson, porque parte dela ainda se recusa a acreditar que ele existe.

E, de repente, ela vê.

Uma cerca quebrada, neve remexida por todo lado. Ela não olha duas vezes, não consegue, porque seus olhos se encheram de lágrimas e o mundo está embaçado. Um soluço se forma, e Kennie segura o banco com as duas mãos.

— ... e a Liz era uma menina maravilhosa, claro, mas eu sempre me preocupei com o jeito que ela dirigia. Não estou muito surpresa, querida...

Kennie se vira de repente.

— Mãe! — grita ela. — *Pare com isto!*

— Kendra Ann! Estou tentando ensiná-la a ter bons hábitos de direção. Você precisa aprender a ter responsabilidade, e esse seu temperamento! Você precisa se encontrar com o pastor Phil para...

— Eu não me importo — diz Kennie. — *Eu não me importo.*

A mãe dá alguma resposta atravessada, mas Kennie começou a chorar. Ela realmente não se importa, nem um pouco, não se importa com nada além do fato de que a cerca está quebrada, a neve está suja e, no dia anterior, sua melhor amiga quase morreu naquele lugar.

Está tão ocupada chorando que não vê o verdadeiro lugar da batida quando passam por ele.

O que também é bom. Não acho que Kennie conseguiria lidar com isso. Se uma cerca quebrada por uma vaca fugida e um trecho de neve pisoteada eram o suficiente para fazê-la gritar com a mãe, ou melhor, deixá-la tão apavorada que se calou depois de gritar aquela única frase, talvez seja uma sorte ela não ter visto a árvore contorcida, os pequenos fragmentos da Mercedes azul, a neve ainda manchada de rosa.

— Ela *é* — sussurra Kennie para si mesma.

Ela é uma menina maravilhosa.

CAPÍTULO VINTE E SEIS
Quarenta e nove minutos antes de Liz Emerson bater com o carro

A resposta era *devastadora*.

Sua infância terminou no dia em que ela viu os pés de Melody balançando, e talvez não tivesse percebido na época, mas o que decidiu foi o seguinte: ela não seria mais um objeto inerte. A única outra opção era ser o que Mackenzie era. Um objeto em movimento que permaneceria em movimento, mesmo que isso significasse passar por cima de tudo o que estivesse em seu caminho.

Então ela quebrou todas as promessas que já tinha feito. E, com a energia de tantas coisas despedaçadas, pôs-se em movimento.

CAPÍTULO VINTE E SETE
Vinte e três chamadas perdidas depois

— *M*ãe? Tá, eu... tudo bem, tá. Desculpe. Eu dormi...

"Não, eu não estou bêbado, mãe. Também não estou drogado... certo, tudo bem. Eu adoraria levar um pouco do meu xixi em um copinho de café para casa se você não se importar com o fato de que ele vai vazar um pouco. Estou com o seu carro. Sério, estou...

"Mãe. Mãe. *Mãe.*

"É, eu *sei* que você me ligou vinte e três vezes... dá para ver no meu telefone... não, a bateria acabou enquanto eu estava dormindo, eu trouxe o meu carregador... bom, não dava para ver naquela hora, não é? Eu não durmo de olhos abertos... tudo bem, ok, desculpe, mãe. Eu... não, não acho que agressividade seja um efeito colateral da metanfetamina. Esteroides, talvez... *eu não estou tomando esteroides*.

"Eu estou no... não, não estou interrompendo você... quer que eu responda? Estou no hospital.

"EU ESTOU BEM.

"Não, não tive uma overdose.

"Não, não entrei em coma alcoólico.

"Mãe, escute... estou aqui por causa de uma... colega de turma... não, você não conhece... ela não está *grávida*! Não tenho namorada. Não, eu não transei ontem à noite... quem dera... é brincadeira, é *brincadeira*. Calma. Estou bem.

"Ela sofreu um acidente de carro. Eu vi o carro dela quando estava indo para o supermercado... bom, eu não peguei, então imagino que a bolsa dela ainda esteja dentro do carro, a não ser que alguém tenha quebrado a janela e roubado... ninguém quebrou a janela, mãe. Tudo bem, eu vejo mais tarde. Ok, preciso ir... não, porque as pessoas estão começando a me olhar como se eu fosse louco. Sim, tem outros alunos da escola aqui também... estão chegando agora, a aula deve ter terminado... não, eu não fui, já disse, eu estava dormindo. Eu não *matei aula*, mãe, eu... dormi demais. É, bem por aí. Até, tipo, uma e meia. Eu não dormia há séculos, mãe. Fiquei acordado até três da manhã anteontem fazendo aquele trabalho idiota de física... tudo bem. Sim, eu vou para casa hoje à noite... sim, eu sei. Eu sei. Desculpe. *Desculpe*. Tá, ok. Também amo você."

CAPÍTULO VINTE E OITO
O namorado vai e volta

Jake Derrick não veio ver Liz Emerson.

Liam percebe isso depois de terminar o telefonema com a mãe e olhar em volta. A sala de espera parece a escola durante o horário de almoço. Os lugares do refeitório são organizados de forma característica: as mesas centrais pertencem aos populares, os anéis externos, aos nerds, aos deslocados, aos idiotas e aos calouros. Na sala de espera, os mais playboys e os mais mauricinhos, os que mais conheciam Liz, tomaram a área central como se pensassem que têm esse direito.

Liam continua ao lado da janela, sem dúvida a pessoa menos popular no cômodo.

Mas de sua posição é fácil ver todo mundo que entra e sai, e Liam tem certeza de que o namorado de Liz ainda não chegou. Leva um instante para lembrar se continuam juntos ou não. Jake e Liz estabeleceram seu tumultuado relacionamento no fim do primeiro ano de Liz, e Liam prestou atenção sem querer. Ele não consegue evitar. Sua paixão por Liz Emerson começou no primeiro dia do quinto ano do ensino fundamental e, tirando o período de cerca de um ano em que a odiou, ele prestou atenção.

Não. Ele prestou atenção até nesse período.

Mas a verdade é que *todo mundo* presta atenção. É por isso que todos foram ao hospital na noite anterior; é por isso que todos voltaram hoje. Ela é Liz Emerson. Ela importa.

Para todos, ao que parece, menos para seu namorado.

Tudo começou quando Jake a beijou sob as estrelas no estacionamento do cinema. Ele estava uma série à frente dela, tinha entrado no time de futebol americano da escola no seu primeiro ano do ensino médio e era muito desejado. Naquela noite, ele literalmente a tirou do chão. Segundo a opinião popular, foi a coisa mais romântica que aconteceu naquele ano. Segundo Liz, foi a definição de clichê, e ele tinha gosto de molho de queijo para nachos.

O término mais infame dos dois aconteceu durante o segundo ano. Era noite do jogo de boas-vindas, e Liz o largou logo depois que ele fez o *touchdown* da vitória.

A caminho de uma festa (Liz nem sabia de quem era, mas tinha álcool, maconha e gente, então não importava, elas iam), ela disse para Julia e Kennie: "Nossa, ele não passa de um grande clichê."

Jake Derrick é. Ele é relativamente bonito, mas nem de longe tão bonito quanto pensa, e cinquenta por cento menos engraçado. Não é tão burro quanto todo mundo acha, continua feliz e completamente alheio à sua suprema arrogância, e nunca, jamais merecerá Liz.

Sem dúvida Liam tem ciúmes, mas não gosta de Jake porque é uma das poucas pessoas que prestam atenção suficiente para saber que Liz também não gosta de Jake.

O passatempo preferido de Liz e Jake é brigar. Jake é o tipo de pessoa que tem certeza absoluta de que está sempre certo, e Liz é o tipo de pessoa cujo objetivo principal na vida é aniquilar gente assim. As brigas deles consistiam em Jake chamar Liz de coisas indizíveis e Liz revidar com comentários que o machucavam de formas que só ela sabia.

Três dias antes de Liz bater com o carro, eles começaram a discutir sobre o trabalho de física dela. Liz estava quase terminando, e Jake tentava fazer com que ela se sentisse burra por falar que a aceleração é a terceira derivada de posição e ficava dizendo que ela devia mudar tudo, então as coisas ficaram feias bem rápido.

Por fim, Jake chamou Liz de escrota e a mandou se foder e ir para o inferno, tudo de uma vez só, e Liz riu na cara dele e bateu a porta quando ele saiu.

Liam não sabe da briga. Ele não tem acesso às melhores fofocas, e as notícias sempre demoram a chegar em sua posição inferior junto aos outros nerds e rejeitados.

Mas é verdade que, apesar da briga, Liz e Jake não chegaram a terminar. Tecnicamente. No fim das contas, Liz não queria desperdiçar mais tempo com Jake, nem para dar um pé na bunda dele. Ela estava procurando um motivo para viver, e ele não ajudava em nada.

Por mais que Liam deteste Jake Derrick, a ausência do garoto o enoja. Jake e Liz estão juntos há um bom tempo. Ele deveria estar no hospital, pelo menos fingindo estar triste.

Ou talvez Jake esteja mesmo triste. Liam não sabe. Ele não o conhece bem e não tem muita vontade de remediar essa situação, então faz uma tentativa indiferente de não julgar.

A verdade é que o coração de Jake Derrick é volúvel e melodramático. Ele chorou por cachorros mortos e jogos de futebol americano espetaculares, e sem dúvida também vai chorar por Liz. Mas em um mês, dois, vai estar se agarrando com outra garota, alguém com peitos maiores que vai acreditar nas mentiras dele. Liz vai se tornar nada além de um assunto para cantadas.

"Eu me apaixonei no ensino médio. Sei que é clichê e tal, mas é verdade... eu e a Liz tivemos algo real. Quando ela morreu, eu... sei lá. Fiquei muito perdido. Talvez ainda esteja. Estou perdido."

CAPÍTULO VINTE E NOVE
Caça ao tesouro

Liz só ficou com Jake por tanto tempo porque ele mantinha algo vivo dentro dela, alguma parte que ainda acreditava em amor e desejava romance. E às vezes ele era muito meigo, fazia coisas adoráveis, mandando-lhe flores com mensagens escritas nas pétalas, aparecendo de fininho atrás dela no corredor para enfiar o rosto em seu cabelo, dizendo-lhe toda hora que ela era linda e o deixava sem fôlego.

Então veio o baile de boas-vindas do terceiro ano, há alguns meses, e Liz estava a ponto de terminar com ele de vez. E então ele fez algo que renovou o interesse dela pelo amor.

* * *

Ela abriu o escaninho depois do último tempo, e uma flor caiu. Havia uma fita amarrada no caule e alguma citação de Shakespeare escrita no garrancho de Jake, o que deveria tê-la desanimado na hora. Julia gostava de Shakespeare. Liz gostava dos cínicos: Orwell, Twain, Swift, Hemingway. Mas ela tinha acabado de chegar do evento de boas-vindas; os corredores estavam barulhentos, seu cabelo estava bagunçado por causa do vento, e a flor e a fita eram tão lindas que ela também se sentiu linda.

ALI É O LESTE, E LIZ É O SOL, dizia a fita (e, claro, parte de Liz estremeceu porque Jake era muito clichê). VÁ PARA O LESTE, SOL, PARA O LUGAR ONDE NOS CONHECEMOS.

Então ela foi. Foi para a escola do fundamental, cerca de cem metros a leste da escola do ensino médio. Ela tinha falado com Jake pela primeira vez no sexto ano. Eles haviam chegado no bebedouro ao lado do ginásio ao mesmo tempo, e ele cedera a vez como um cavalheiro. Por um instante, ela achou muito fofo o fato de ele ter se lembrado, mas, enquanto andava em direção à escola, uma pontada de desconfiança cresceu dentro dela. Jake não fazia o tipo sentimental, ele mal conseguia se lembrar do que havia acontecido na semana anterior, muito menos do que acontecera cinco anos antes.

Ela entrou no prédio, parou diante do bebedouro perto do ginásio e leu o cartão que esperava ali. SEUS LÁBIOS NOS MEUS, SOB AS ESTRELAS. No estacionamento do cinema, ela pegou o ursinho de pelúcia e tirou o bilhete de suas patas: ONDE TIVEMOS NOSSO PRIMEIRO ENCONTRO, UM CHÁ COM URSOS DE PELÚCIA. O hospital, onde ela o visitara depois que ele havia quebrado a clavícula jogando futebol americano. Ela tinha levado para ele um chai (que Jake ignorou em favor do cachorro-quente picante do hospital) e um ursinho, para fazer piada. Os dois acabaram se agarrando na cama do hospital até uma enfermeira chegar e pedir a Liz, de um jeito não muito educado, para ir embora.

A caça ao tesouro a fez rodar a cidade inteira e gastar um tanque inteiro de combustível. Por fim, ela se viu estacionada à margem do campo coberto de mato da escola primária. Jake estava parado lá no meio, segurando uma placa com a última pista escrita em pilot preto.

Dizia QUER IR AO BAILE COMIGO?

Ela disse sim.

Liz tinha dificuldade de acreditar no amor, e não estava apaixonada por Jake Derrick. Era apaixonada pelas coisas que ele fazia. No fim das contas, sua suspeita estava correta: a caça ao tesouro estava muito além da imaginação de seu namorado narcisista. Jake sabia que as amigas de

Liz fariam a maior parte do trabalho. Na verdade, ele só precisava ficar ali parado.

Mas naquela tarde, no campo abandonado da escola primária, Liz fingiu que eles estavam apaixonados. Mentiu para si mesma. Seu mundo ficou quase lindo. Ela não se importou com o fato de que era tudo falso.

CAPÍTULO TRINTA
Depois da cirurgia

*E*xistem três tipos de pessoa depois que é anunciado que a cirurgia foi um sucesso.

Há os que ficam sem ar, trêmulos, chorando naquele tipo de alívio esmagador e desesperado: a mãe de Liz e Julia. Quando o médico disse a Monica que sua filha não tinha morrido na mesa de operação, ela foi até Julia e a abraçou, porque não podia abraçar Liz.

Todos os treinos no colégio foram cancelados, então a sala de espera está lotada com o segundo tipo de pessoa: as que não ficam nem um pouco surpresas. Dão de ombros e dizem que não estavam preocupadas, independentemente do fato de que todos abandonaram o dever de casa declarando preocupação. Ficam sentadas ao redor das mesas baixas e dizem que sempre souberam que Liz era forte o bastante para sair dessa.

E então há Matthew Derringer, que está levemente decepcionado, porque já encomendou flores para o funeral.

CAPÍTULO TRINTA E UM
A arte de ficar viva

Julia sempre foi uma boa garota, tirando suas atividades das tardes de domingo. Então seu coração está quase saindo pela boca quando ela pega uma bata hospitalar em um carrinho que passa, a veste sobre a calça jeans e entra na UTI com toda a indiferença que consegue fingir.

Tem um cheiro limpo, limpo como roupa de cama e antissépticos, como morte organizada e monitorada. Há fileiras e mais fileiras de quase cadáveres enterrados sob lençóis brancos. Julia nunca teve problemas com sangue ou doença, mas o lugar a faz querer fugir e nunca olhar para trás. Ela não quer ver Liz neste cômodo.

Mas vê. Como sempre, é difícil não notar Liz Emerson. Dessa vez é porque, de todos os pacientes, Liz parece a mais distante da reanimação. Parece um caso perdido.

As pernas de Julia tremem enquanto ela anda até a cama de Liz. Ela para a uns bons dois metros de distância, temendo se aproximar mais, temendo esbarrar em uma das muitas máquinas, desligar alguma coisa, fazendo com que Liz morra por sua culpa.

Há uma cadeira ao lado da cabeça de Liz, e Julia olha para ela por um bom tempo antes de decidir sentar. Ela tira a mochila do ombro, pega um livro de pré-calculo e o abre no capítulo que a turma está estudando.

Começa a ler. Observo seus lábios se moverem. Também estão tremendo.

— "Para qualquer ponto de uma elipse, a soma das distâncias de qualquer ponto para cada foco será um valor constante." Eu me lembro deste capítulo. Não se preocupe. O teste é mais fácil do que o dever de casa, e ela provavelmente não vai dar a prova. Você não vai perder muito. Enfim. "No caso de um hiperboloide, entretanto, a diferença entre as distâncias será…"

Julia olha o rosto de Liz e começa a chorar. Ela tentou evitar, mas é difícil demais não olhar para um quase cadáver quando o quase cadáver é sua melhor amiga.

O rosto de Liz está cinza como ar poluído. O cabelo está bagunçado, e partes dele foram cortadas para os médicos darem pontos no couro cabeludo. Ela está com olheiras fundas, uma das bochechas está coberta de feridas e, pior de tudo, os olhos estão fechados.

Liz sempre detestou dormir. Uma vez, lemos a história da Bela Adormecida juntas. Não entendemos muita coisa porque era uma versão mais dura e infeliz. Quando a princesa acordou, todo mundo já tinha morrido, e talvez tenha sido nesse momento que Liz começou a ter medo de perder as coisas.

Ela está sem maquiagem, e Julia nunca viu seu rosto tão nu. Ela enxerga a tristeza, a exaustão, as falhas tectônicas sob a superfície e, de repente, fica furiosa. Se Liz dormisse mais, talvez fosse uma motorista mais cuidadosa. Talvez não fosse tão irresponsável, implacável e perdida.

Uma lágrima desce pelo nariz de Julia e cai na mão de Liz. Julia procura um sinal de vida no rosto dela. Qualquer coisa.

Mas Liz está imóvel, uma garota de cera e sombras.

– Desgraçada – sussurra Julia com a voz fraca. – A gente tinha marcado de sair para correr hoje à noite. Os treinos livres para o futebol começam na semana que vem.

E elas teriam ido, Liz gosta de correr na neve. Ela iria agora se sua perna não estivesse quebrada em três lugares.

Bom, talvez não.

Por causa do futebol, Liz quase esperou. As chances de vitória do time feminino principal da Meridian caíram drasticamente no torneio estadual. Sem sua capitã e atacante, vai ser um milagre elas passarem das eliminatórias. Liz não queria ser responsável por mais esse fracasso.

Mas precisava de gelo nas estradas. Precisava que seu acidente parecesse o mais acidental possível.

E simplesmente não achava que seria capaz de esperar mais três meses.

No entanto, Julia não sabe de nada disso. Ela olha para o que sobrou da melhor amiga e pensa em todas as vezes que Liz ficou quieta e ausente. Os momentos em que era a Liz que todos os outros conhecem, pura crueldade e loucura, e os instantes em que fixava os olhos em coisas invisíveis e passava muito tempo sem sorrir de verdade.

— Nossa, Liz — diz Julia, fechando os olhos para controlar as lágrimas. Elas transbordam mesmo assim, acumulando-se em algum lugar profundo dentro dela. — Eu não posso correr na chuva sozinha.

Foi pouco antes da temporada de atletismo, no terceiro ano. Estava caindo um temporal e Julia se enroscara na poltrona perto da janela com um livro e uma caneca de sopa quando alguém começou a tocar a campainha sem parar. Ela abriu a porta da frente e encontrou Liz parada na varanda, usando apenas um short encharcado e um horroroso sutiã esportivo verde.

— Vem — disse Liz. — Vamos correr.

Julia ficou boquiaberta.

— O que você está... está chovendo!

— Eu percebi — rebateu Liz, impaciente. — Vai trocar de roupa. — Ela olhou o peito de Julia de um jeito crítico. — Você vai causar um terremoto se deixar essas coisas balançarem.

— Liz, está *chovendo*.

— Não brinca, Sherlock. Vamos *logo*.

Julia fechou a porta na cara de Liz para ver se ela iria embora.

Não foi, claro, então Julia subiu para colocar um top esportivo e seu tênis Nike de corrida.

E elas foram correr.

A chuva estava quente e tinha cheiro de começos. Liz e Julia correram de forma irregular, com passos coordenados: pé direito, pé esquerdo. Depois de alguns minutos, Julia ficou um pouco para trás, porque seus passos eram maiores do que os de Liz (era meio estranho tentar correr ao lado dela, porque era preciso dar um passo normal, depois um menor para Liz poder acompanhar), e ela já estava ofegando. Aspirar o conteúdo dos Ziplocks não ajudava sua capacidade pulmonar.

Mas Liz não disse nada e não se importou com os chiados, e Julia ficou agradecida.

Fechou os olhos e jogou a cabeça para trás. A chuva bateu em seu rosto e escorreu por seus ombros. Suas pernas estavam enlameadas e os sapatos, tão pesados de água que soltavam uma pequena onda a cada passo. Ela simplesmente correu, e havia algo eloquente no som de chuva e passos.

— Cuidado, sua manca — disse Liz quando Julia esbarrou nela.

Julia abriu os olhos de repente e viu Liz correndo de costas com um sorriso malicioso para ela. Então riu porque adorava a dor nas pernas, os músculos alongados, o martelar pesado do coração, a chuva que cobria tudo.

Não percebeu que as gotas no rosto de Liz não eram de chuva. Não percebeu que Liz estava se afogando, ou que chorava porque sabia que nunca conseguiria fugir das coisas que tinha feito.

— Aonde estamos indo? — perguntou, mas Liz não respondeu.

Julia não se importou. Liz raramente repetia a mesma rota de corrida, e Julia não se incomodava de segui-la.

Então as duas simplesmente correram e, por fim, viraram uma esquina. Julia viu a Lagoa do Barry, que um casal idoso podre de rico da Flórida havia comprado pouco tempo antes. A venda tinha sido controversa: em geral, Meridian não aprovava forasteiros. Julia diminuiu o passo quando a grama se transformou em areia, mas Liz acelerou. Julia abriu a boca para dizer "O que você está fazendo?", mas antes que conseguisse falar Liz correu para o píer e pulou, sumindo em uma explosão de bolhas.

– Droga – murmurou Julia. Depois falou mais alto:
– Liz?

Mas Liz não veio à tona, e depois de um minuto Julia começou a entrar em pânico. Chovia cada vez mais, e ela mal conseguia enxergar. Correu para o píer e parou na borda, esperando Liz aparecer, mas nada dela.

– Liz! – gritou, inclinando-se sobre a água. – Liz...!

Então soltou um berro, límpido e agudo, quando Liz emergiu de repente, a agarrou e a puxou para debaixo d'água.

Julia subiu engasgando. Liz também engasgou, porque estava rindo quando puxou a amiga para a água. Julia queria dizer umas cinquenta coisas na cara de Liz enquanto tossia para expulsar a água dos pulmões, mas, quando se virou, viu Liz rindo, sem fôlego, radiante, linda e sua.

Então jogou água nela.

Liz fez o mesmo, e uma correu atrás da outra na chuva, a cabeça jogada para trás para absorver o céu, os dedos enrugados, o cabelo grudado à cabeça.

Enfim, voltaram ao píer para se deitar na chuva, que se transformara em um chuvisco. Fazia cócegas e fazia surgir uma névoa que fazia com o que mundo se tornasse embaçado e só delas, apenas delas.

Enquanto estava ali deitada, de olhos fechados, sendo espetada pelas farpas da madeira do deque em vários pontos das costas, Julia ouviu Liz dizer em voz baixa:

— Obrigada por vir comigo.

Julia sorriu e murmurou uma resposta ininteligível. Abriu bem os braços e sentiu o elástico de seu top de ginástica apertá-la a cada respiração. Por um instante, não sentiu onde seu corpo terminava e o mundo começava.

— Eu amo vocês — disse Liz de repente, impetuosa. — Você e a Kennie. Nossa, não sei o que faria sem vocês.

Julia abriu os olhos. Liz estava deitada ao seu lado com a barriga subindo e descendo e subindo suavemente. Seu cabelo se desprendera do rabo de cavalo e emoldurava o rosto como um ninho, e de repente Julia sentiu medo, porque Liz, sua Liz, sempre mantinha o coração trancado.

— Você está bêbada? — perguntou ela, incerta.

— Não — respondeu Liz, sorrindo.

Julia já tinha visto Liz em vestidos de baile e de pijama, paletós da Ralph Lauren e chinelos da Target, mas nunca tinha visto Liz tão linda quanto naquele momento, com os olhos fechados e a boca curvada muito de leve, porque até então Julia nunca havia associado a palavra *tranquila* a Liz Emerson.

Liz suspirou. Foi algo inaudível, apenas um entreabrir dos lábios.

— Às vezes — disse ela, tão baixo que Julia ficou sem saber se era dirigido a ela. — Às vezes esqueço que estou viva.

Então, no hospital, olhando uma Liz completamente diferente, que parece tudo exceto tranquila, Julia se inclina para a frente e sussurra três palavras para ela, repentina e ferozmente:

— Você está viva.

CAPÍTULO TRINTA E DOIS
Seis dias antes de Liz Emerson bater com o carro

Era um daqueles dias sossegados, silenciosos, iluminado por um sol indistinto escondido por nuvens finas. Liz tinha terminado todo o dever de casa na sala de estudos, e a escola pedira comida do Jimmy John's para o almoço e... bem, talvez ela estivesse inerte demais para se alegrar, mas, seis dias antes de bater com o carro, Liz Emerson não estava mais infeliz do que de costume.

Até chegar em casa e as coisas começarem a piorar.

Liz tinha acabado de destrancar a porta quando Kennie ligou.

Ela atendeu o telefone e a voz da amiga gritou:

– Meu Deus, me deixe em paz, mãe! – Uma porta bateu, e Kennie disse ao telefone: – Oi. Não vou poder fazer compras. Minha mãe está sendo uma escrota. Surpresa.

– O que você fez desta vez? – A voz de Liz ecoou de parede em parede.

Casa maldita, pensou, prometendo a si mesma que nunca compraria uma casa grande. E riu, porque era uma promessa que ela podia cumprir.

– Não tem graça – disparou Kennie. – Eu não fiz nada. Não terminei aquele trabalho idiota de física e já falei mil vezes para a minha mãe que é só para quarta-feira, mas ela diz que preciso parar de enrolar e fazer, tipo, um ajuste de comportamento. Não é nem culpa minha, porque a imbecil da Carly Blake não encosta um dedo no *nosso* trabalho... *O que foi, mãe?* – A porta bateu de novo. – Enfim. É. Desculpe. – Como Liz não falou nada, Kennie continuou: – Chama a Julia. O pai dela não se importa com o paradeiro dela, certo?

Aquilo era indelicado, sobretudo vindo de Kennie. Elas não falavam do pai de Julia, assim como não falavam da mãe de Kennie ou da vida pré-Meridian de Liz. Mas Liz não comentou nada, porque sabia que Kennie odiava quando sua mãe ficava em cima dela. A amiga estava assim desde o aborto, irritável e cínica, e a personalidade lhe caía como um suéter encolhido na lavadora. Mas Liz achava que também estaria assim, então pensou: *Não pense, não nisso, não hoje, não pense.*

— A Julia ainda está na Zero — disse.

Era assim que chamavam a O'Hare University, a faculdade local. Universidade O, zero, onde a maioria delas ia acabar depois de se formar. Julia fazia geometria analítica (abreviada em seu boletim como Geo. Anal., um fato que Kennie achava interminavelmente engraçado) e física de proteção a radiação lá, porque o ensino médio de Meridian não oferecia essas matérias e porque Julia era uma CDF.

— Ah. Tudo bem — suspirou Kennie. — Preciso ir. Desculpe. Talvez na semana que vem.

Ou não.

Liz desligou sem dizer nada e ficou sozinha com o silêncio. O silêncio aumentou. Ela estava irritada depois de desligar, mas em minutos ficou verdadeira e abertamente furiosa com Kennie, com a mãe de Kennie e com o resto do mundo, que incluiu na lista só por incluir.

Levou três segundos para concluir que não podia passar o resto do dia em casa, então calçou os tênis de corrida e saiu pela porta da garagem. O inverno era uma parede na qual bateu de frente, o ar era algo vivo que atravessou o moletom e as roupas que usava por baixo dele, e se acomodou contra sua pele.

Liz sempre adorara o frio. Quando era mais nova, amava inspirar e sentir o muco congelar no nariz. Mesmo mais velha, continuava adorando o frio. Colocou seu iPod no shuffle, enfiou-o no bolso e começou a correr.

Às vezes corria só para pegar a entrada errada nas bifurcações e percorrer rotas diferentes, porque gostava de se perder. Mas a verdade era que Liz detestava correr. Ela o fazia para ficar em forma para o futebol ou para sair de casa, mas nunca mais jogaria futebol, e a casa ainda estaria lá quando voltasse.

Contudo, sempre sentia que estava perseguindo alguma coisa quando corria, algo invisível que ela nunca alcançava. Parecia que estava brincando de pique-pega consigo mesma, e Liz detestava pique-pega.

Ela correu o arco de um quilômetro e meio ao redor de sua casa e repetiu o percurso. No começo da terceira volta, mal conseguia respirar e sentia câimbras no corpo inteiro. Estava cansada de ver as mesmas coisas toda hora; estava cansada de correr em círculos. Não queria mais correr atrás de nada.

Isto é uma idiotice.

Eu devia parar.

Então parou.

Foda-se a corrida, pensou. *Foda-se o pique-pega.*

Entrou em casa e bateu a porta atrás de si. Depois a abriu e bateu de novo, bateu e bateu mais forte. Colocou todo o seu peso nela, e a força foi tão grande que um dos vasos em cima da lareira caiu e se estilhaçou, espalhando cristal pela madeira e arranhando o sinteco. Ela ignorou isso, subiu e bateu a porta do próprio quarto.

Exagero, disse a si mesma, e sua raiva a assustou, mas não o suficiente para acamá-la. Porém ela tentou, de verdade. Colocou um filme de super-herói no aparelho de Blu-ray e foi direto para a cena na qual o herói resistia pela última vez e a música de fundo era tão dramática e sublime que sempre a fazia chorar. Mas naquele dia nada tinha graça, e um minuto depois ela tirou o filme, quebrando-o ao meio, em quatro, jogando os pedaços do outro lado do quarto.

Pegou sua câmera e a jogou na parede. O aparelho ficou destroçado depois de abrir um buraco no gesso. Liz sentia todas as suas pequenas rachaduras se ampliarem, falhas que percorriam o seu corpo, destroçando-a. Pegou os livros velhos e gastos de sua estante e os rasgou ao meio, um a um; as páginas flutuavam ao seu redor enquanto ela pegava o restante dos filmes, todos os heróis idiotas, e quebrava todos.

Derrubou o abajur com um tapa e rasgou o dever de casa. Jogou a calculadora no chão e arremessou um frasco de perfume no espelho. O espelho ficou intacto, mas o frasco se quebrou, cobrindo a penteadeira de perfume e vidro.

Sua respiração prendeu na garganta. Ela deu um passo para trás e olhou o quarto, e uma sensação estranha surgiu dentro dela. Isso sempre acontecia quando ela olhava coisas despedaçadas: uma necessidade de se abaixar e de recolhê-las. Ela queria consertá-las, torná-las inteiras novamente.

No entanto, não era capaz disso, então se sentou no meio do quarto com todos aqueles fragmentos espalhados ao redor e fez um pedido.

Queria que segundas chances existissem.

INSTANTÂNEO: PEDIDOS

Liz está debruçada sobre a borda da torre. Seguro sua mão e seu pai fica por perto, atrás dela. Juntos a mantemos equilibrada. Ela olha para baixo e faz um pedido com um dente-de-leão que segurou com a mão pequena e suada durante toda a subida. Deseja a única coisa que já desejou.

Liz Emerson deseja voar.

Depois, vai olhar para mim e me dizer para também fazer um pedido.

Anos mais tarde, ela vai se lembrar de todos aqueles pedidos. Vai considerar pular daquela mesma torre para ver se algum deles se tornou realidade.

Por fim, vai desistir. Ela não saberá como fazer o pulo de uma torre pitoresca parecer um acidente.

CAPÍTULO TRINTA E TRÊS
Mundos desmoronam

Kennie só chega ao hospital depois que a comoção já está quase acabada.

— Nossa, mãe, ninguém veio acompanhado dos pais — dispara ao sair do carro, porque, apesar de tudo, ainda teme que a aparência da mãe afete o que as pessoas pensam sobre ela. Ela sabe que esse pensamento é desprezível, mas não consegue evitar. E parte dela está com medo porque ela fez um aborto não muito longe daqui, e todos os médicos se conhecem, não é? — Talvez você devesse ficar no carro, mãe — diz. Mas a mãe faz questão de entrar, então Kennie sai correndo à frente.

Ela para na entrada e olha a grande forma indistinta do prédio através das lágrimas. É surreal que Liz, *Liz*, esteja atrás de uma das janelas, sobrevivendo por pouco.

Sua mãe aparece atrás dela e reclama um pouco do estado do cabelo e da maquiagem de Kennie. Talvez este seja o motivo de ela sempre ter se preocupado tanto com o que as pessoas pensam: seus pais sempre se preocupam. As aparências importam em sua casa, e Kennie cresceu com a impressão de que ela é apenas aquilo que os outros acham dela.

Kennie afasta a mãe e corre, em direção a Liz e para longe de todo o resto.

Ela entra de repente na sala de espera e todos a cercam, abraços e lenços enquanto sua mãe vai falar com a mãe de Liz, e então:

— Coração.

— Falhando.

— Quase morreu.

— Onde você estava?

— Não — diz Kennie quando sua mãe, que se afastou de Monica, tenta reconfortá-la. As duas mães não se gostam, o que não é um problema, porque Kennie também não gosta da mãe no momento. — Não, pare. *Pare* — pede. Mas outra pessoa tenta tomar o lugar da mãe. — *Não!* — grita ela, às cegas, com os olhos fechados para todos eles. — Vão embora, me deixem em paz... *me deixem em paz!*

Ela escorrega para o chão e as lágrimas vêm.

Quando Julia finalmente tira o uniforme hospitalar e volta para a sala de espera, Kennie é a primeira pessoa que vê.

Está sentada em um canto, soluçando alto, encolhida como se pudesse desaparecer, com o cabelo despenteado sobre os ombros. O mais estranho é que está sozinha. Julia observa por um instante, então lhe ocorre que tem sido uma amiga horrível. Ela se aproxima devagar, mas o som de seus passos é abafado pelos soluços de Kennie. Então ela se agacha ao seu lado.

— Kennie...

Kennie ergue o rosto uma fração de centímetro, e Julia vê um relance de rímel borrado e olhos vermelhos.

— V-você não me contou — chora Kennie. — V-v-você nem me l-ligou.

Julia morde o lábio e engole em seco.

— Desculpe. Kennie, eu... eu sinto muito. É que eu... eu esqueci. Desculpe.

— E você me deixou na escola — diz Kennie com um urro abafado.

Julia só consegue assentir, porque acha que nunca se sentiu tão culpada.

Então Kennie começa a chorar encostada ao moletom de Julia, que coloca os braços ao redor dos ombros finos da amiga e encosta a bochecha a seu braço. Elas ficam ali sentadas por uma pequena eternidade. É a dor delas, a tragédia delas, porque Liz é delas.

— Você v-viu a Liz? — sussurra Kennie no ombro de Julia.

Julia assente outra vez.

— Ela está... como ela está?

Destruída. Morrendo. Irreparável. Morta.

— Dormindo — responde Julia.

Kennie enfia o rosto ainda mais no moletom de Julia, que a abraça com mais força.

CAPÍTULO TRINTA E QUATRO
Quarenta e quatro minutos antes de Liz Emerson bater com o carro

*L*iz pensou em Kennie.

Kennie sempre agia de um jeito tão superficial que às vezes era difícil lembrar que ela não era assim.

No final do sétimo ano, Kennie comprara três anéis iguais para elas, com BFFs gravado por dentro. Eram objetos bregas e baratos que, mais tarde, deixaram os dedos delas verdes, mas elas fizeram promessas proporcionalmente bregas e baratas com aqueles anéis: sempre estariam presentes umas para as outras. Elas se lembrariam das fraquezas das outras e as compensariam. Fariam o "um por todos e todos por um" para sempre.

A maior fraqueza de Kennie era sua incapacidade de dizer não, e Liz sabia disso. Todo mundo sabia disso.

Então, quarenta e quatro minutos antes de bater com o carro, Liz pensou que Kennie tinha feito tudo o que ela já lhe pedira para fazer. Ou pelo menos havia tentado. E Liz nunca dissera a Kennie para fazer a coisa certa. Ela pensou em todas as festas nas quais tinha visto Kennie rindo e bêbada nos braços de garotos praticamente desconhecidos, todas as festas nas quais Liz vira diferentes garotos levarem Kennie para diferentes quartos. Ela se lembrava claramente das muitas vezes que Kennie havia olhado para trás com uma expressão desamparada, e Liz se limitara a rir, chamar Kennie de vadia de um jeito carinhoso e virar as costas porque queria continuar bebendo, dançando e esquecendo.

CAPÍTULO TRINTA E CINCO
Cinco dias antes de Liz Emerson bater com o carro

*U*ma vez, ela prometeu a si mesma que nunca mais vomitaria.

Começou durante o verão anterior ao sétimo ano, quando ela e Kennie se olharam no espelho enquanto experimentavam biquínis e se chamaram de gordas. Liz tinha decidido comer menos, menos ainda, e depois parar de comer. Ela disse a Kennie para fazer o mesmo, e Kennie tinha tentado, mas não levava muito jeito para a coisa. Kennie adorava comida mais do que adorava ser magra. Ela começava e parava a dieta, comendo escondida quando dizia que não estava comendo, guardando comida no quarto. Liz achava que a dietinha delas talvez tivesse feito

Kennie comer ainda mais do que antes, mas isso não importava. Kennie nunca engordava um quilo. Sortuda.

O regime de Liz, é claro, não durou muito mais. Ela também gostava de comer. A bulimia era sua solução, e que ótimo negócio. Coma quanto quiser, não engorde nada. Era perfeito, até ela voltar a jogar futebol na primavera do sétimo ano e mal conseguir correr pelo campo. Era perfeito até ela ficar tonta o tempo todo, e com tanto frio que se sentia prestes a virar gelo. E então toda a matéria da aula de saúde voltou à mente em uma avalanche, e Liz parou, quase por completo.

Quase por completo.

O Dia de Ação de Graças sem dúvida podia ser uma exceção. Tanta comida que ela não conseguia se controlar, e não aguentava se sentir inchada. O Natal também, e a Páscoa. Refeições em bufês. Mas, fora isso, ela comia e mantinha a comida dentro do corpo.

Essa tática também funcionou perfeitamente até que, um dia, ela vomitou e viu pequenos veios de sangue em meio à comida não digerida.

Era macarrão com queijo, ela se lembrava. Pequenos pedaços, molho ensanguentado.

Ela ficou tão apavorada que desmoronou completamente, sentou-se contra a parede e chorou por uma meia hora, porque novecentas pessoas morriam de fome por hora, e ali estava ela, tentando se tornar uma delas.

Quando as lágrimas secaram, ela se olhou no espelho e jurou que nunca mais vomitaria.

No entanto, ela logo iria a uma festa na praia e olharia o céu do alto da torre dos desejos. Em pouco tempo elas comprariam vestidos para o baile do colégio, fariam penteados e chegariam à festa, e Kennie diria que estava grávida. Logo elas veriam Julia dobrar seu suprimento semanal de Ziplocks. Logo Liz ficaria com o namorado de Kennie, iria para casa e faria planos.

Em breve, ela odiará o que vê no espelho e tentará mudar sua imagem do único jeito que sabe: dois dedos na garganta, o jantar no vaso sanitário.

Cinco dias antes de bater com o carro, foi exatamente isso que ela fez.

Revirou a cozinha. Sentou no sofá branco com a TV aos berros e comeu salgadinhos. Bebeu quase um litro de refrigerante de laranja. Na despensa, havia uma torta de nozes pecã que ela cobriu com sorvete de baunilha e chantilly e atacou com um garfo. Havia um prato de costelas do restaurante da rua e uma tigela inteira de sobras de ravióli do italiano do centro.

Ela comeu e comeu e tentou não vomitar.

Quanto eu consigo aguentar?

Não foi uma pergunta retórica.

A resposta: *Mais nada.*

Ela largou o pote de isopor, a fôrma de torta, a lata de chantilly, o pote vazio de sorvete, a garrafa de refrigerante e o saco de salgadinhos e se levantou. O chão estalou com seu peso.

Dez minutos depois, estava sentada no piso frio, com a cabeça apoiada na banheira, cansada demais para se mexer, cansada demais para voltar a se mexer um dia. Pensou naquele dia que parecia tão distante, no sétimo ano, quando tinha se olhado no espelho e feito uma promessa que achava que ia cumprir.

Mas tinha um problema: isso havia sido em uma época diferente, quando ela cumpria promessas. Quando achava que promessas deviam ser cumpridas.

Ela já sabia que as coisas não eram assim.

Levantou-se com dificuldade e andou até o espelho. Ficou diante dele olhando a garota de olhos vazios e perguntou: "Ainda sou bonita?"

Bonita como Julia, que era corajosa o bastante para ser diferente – ou costumava ser. Bonita como Kennie, que sabia como o mundo podia ser horrível e o amava mesmo assim. Bonita como qualquer outra, bonita como todas as outras. Mas ela não era, então queria ser magra a ponto de todos conseguirem vê-la por dentro: um coração falhando e estilhaços.

Não, Liz Emerson não era bonita, mas logo estaria morta, e isso não faria mais diferença.

CAPÍTULO TRINTA E SEIS
"Garota de Meridian ferida em acidente de carro"

*L*iam rola a tela do telefone, aberta no site do *Diário de Meridian*. Passa os olhos pela nova matéria sobre Liz e o acidente e percebe que é mencionado de passagem. "Um colega de turma da vítima viu o acidente e chamou a polícia." A matéria responsabiliza o gelo nas estradas pelo acidente. Declara que Liz era (*era*) capitã do time de futebol e menciona que ela fizera o gol da vitória no campeonato estadual do ano passado. Cita pessoas dizendo que Liz era maravilhosa, linda e sempre sorridente.

Liam ri para si mesmo e fecha a aba. *Matéria superficial para uma garota superficial*, mas ele não acha isso de verdade. Fica irritado por terem maquiado a verdade e chamado Liz Emerson de maravilhosa porque ela era linda. Ela também teria detestado.

Infelizmente, todas as outras pessoas na sala de espera também parecem estar lendo a matéria, e após alguns minutos Liam começa a captar pedaços de conversa.

— Um colega de turma? Quem foi?
— A Kennie ou a Julia, claro.
— Não, elas só ficaram sabendo depois.
— Talvez tenha sido...
— ... ou...

Liam puxa o capuz para cima da cabeça e desvia o rosto, rezando para que a inteligência mediana de seus colegas de turma não aumente nos próximos minutos.

— Ei, a polícia não estava interrogando o Liam ontem?

Droga.

— Liam? Você está falando do cara que toca flau... ah, oi! Liam. Liam!

Eles se aglomeram em torno de Liam, que precisa se esforçar para manter a insociabilidade sob controle antes de tirar o capuz e se virar.

— Sim?
— Foi você que encontrou a Liz, não é? Como foi?

Quem pergunta é Marcus Hills. Na matéria, Marcus disse que Liz era linda. Na vida real, ele sempre falava de seus peitos.

Eu não preciso manter minha insociabilidade sob controle. Ela corre solta.

CAPÍTULO TRINTA E SETE
Quatro dias antes de Liz Emerson bater com o carro

*E*la acordou e decidiu dar um passeio de carro. Pegou as chaves, foi para a interestadual e dirigiu por sua rota de colisão para testar as condições da estrada.

Seca com sal, mas mesmo assim com gelo nas laterais. E, de um jeito ou de outro, nevaria até o dia marcado, e a curva, sua curva, era difícil até com tempo bom. Seu acidente poderia de fato acabar sendo um acidente, e ela não sabia se gostava da ideia.

Não importa, concluiu. *Dá no mesmo.*

A interestadual se erguia em uma ponte baixa, e Liz apertou o acelerador. O terreno descia cada vez mais até se encher de grama e árvores.

Ali.

Ela imaginou enquanto dirigia. *Entrar na ponte. Segurar o volante com mais força. Acelerar. Frear. Derrapar. Virar o volante para a direita. Quebrar o guarda-corpo. Fechar os olhos. Cair...*

Liz agarrou o volante enquanto o carro oscilava, raspando no guarda-corpo da interestadual e deixando uma marca azul para trás. Ela engoliu em seco e respirou fundo. Tinha começado a seguir as próprias instruções.

Mais quatro dias.

Continuou em frente, até Cardinal Bay, que era uma cidade tão sem graça quanto Meridian, mas tinha um shopping. Pegou a saída e estacionou. Foi para a loja mais próxima, embora a fachada fosse rosa demais e tivesse uma aparência cara. Por que não? O que mais ela tinha para fazer, quatro dias antes de morrer?

Parecia uma pergunta de verdade ou consequência, o grande clichê, a pergunta que aparecia tarde da noite quando todo mundo estava cansado, bêbado e sem nada interessante para perguntar. *O que você faria na última semana da sua vida?*

Sem dúvida ela já tinha respondido a algo assim. Perguntou-se o que dissera. Viajar, talvez, saltar de paraquedas ou se despedir.

Com certeza absoluta não respondera *nada*, mas era isso o que queria fazer agora.

Um sino animado e uma vendedora mais animada ainda a receberam no instante em que ela passou pela porta.

— Oi — disse ela, lançando um olhar crítico para os quadris de Liz. — Tamanho 36? Deixe-me mostrar nossos jeans, estão todos em promoção, só neste fim de semana! Venha comi...

— Não — disse Liz. Ela pretendia adicionar um *obrigada* em seguida, mas a palavra se perdeu antes de sair de sua boca. Ela andou pela loja sozinha.

Sem dúvida as roupas tinham mais a ver com Kennie: jeans de patricinha e cardigãs floridos, renda e babados. Liz se sentiu como se estivesse interrompendo um chá da tarde, e a loja era pequena demais para vagar de verdade. Ela gostava de vagar quando ia às compras. Gostava de andar em meio às araras com um fone na orelha e o outro pendurado na altura da coxa e um copo de café na mão. Gostava de não ser observada.

— ... hmmm... desculpe. Não quero forçar a barra, mas... não entendi. Por que eu não... quer dizer, eu só...

Liz se inclinou para os provadores e viu um escritório no fim do corredor. Fingiu examinar a arara de roupas rejeitadas e ouviu.

— Desculpe — disse uma segunda voz, em um tom monótono. — A decisão é definitiva.

— Eu respeito isso — disse a garota, desesperada. — Mas gostaria de saber por que não consegui o emprego. Para usar como referência no futuro.

Liz se inclinou outra vez e viu o relance de uma mulher em uma mesa.

— Ah, querida, você não tem a imagem que procuramos aqui na L'Esperance.

— Que imagem?

— Não vendemos nada acima do tamanho 40, querida. Vendemos nossas linhas de roupas para gente... bem... com uma *silhueta* diferente da sua. Que imagem estaríamos passando se uma funcionária não conseguisse nem caber em uma das nossas camisas? — Houve um silêncio, então a gerente acrescentou: — Desculpe, querida. Obrigada por se inscrever, mas infelizmente você não se encaixa na nossa loja. Mas você vai encontrar alguma coisa, tenho certeza! Boa sorte.

Liz observou; a garota abriu a boca, fechou-a e saiu. Seu rosto estava manchado, e Liz não sabia se era porque ela estava zangada ou porque estava chorando. Liz sentia o mesmo. A mulher a seguiu e viu Liz.

— Olá! — disse ela, animada, olhando o corpo de Liz de cima a baixo. — Está aqui para a entrevista?

Liz procurou a garota, mas ela já tinha ido embora, fazendo o sino tocar alegremente ao sair. Olhou para a mulher e disse:

— Vá se foder.

Lá fora, segurando seu casaco, ela fechou os olhos. O vento arranhava seus braços até doer, e a neve fazia os pontos que tocava arderem. De repente, ela se lembrou de que sua família comemorava a primeira neve. Era o feriado particular deles. Será que a neve machucava naquela época? Ela não conseguia se lembrar.

Então entrou no carro, enfiou o rosto no casaco e gritou.

Será que o mundo sempre tinha sido assim? Por que parecia tão mais doce quando ela era mais nova? Por que já parecera lindo?

Liz Emerson olhou em volta e viu que as leis não precisavam ser seguidas se fosse possível sair incólume ao desobedecer-lhes. Viu que a neve não era sempre bonita. Viu que o passado estava morto e o futuro não prometia nada. Quando encostou a cabeça ao volante e fechou os olhos, as lágrimas vieram e ela realmente desejou nunca mais abri-los.

As pessoas são engraçadas, não é? Só acreditavam no que viam. As aparências eram tudo o que importava, e ninguém nunca daria a mínima para o que ela sentia. Ninguém se importava que ela estivesse desmoronando.

Quando o céu começou a escurecer e as luzes dos postes se acenderam, Liz se lembrou de que havia uma festa naquela noite, então fez a única coisa em que conseguiu pensar. Saiu da vaga, esbarrou no carro de trás e foi embora enquanto o alarme do outro carro disparava.

Passou pela curva, pela colina e pela árvore, prendeu a respiração e não se atreveu a olhar. Temia que, se virasse a cabeça e visse tudo aquilo sob a crescente escuridão, ela iria, naquele momento.

Infelizmente, estava do lado errado da interestadual.

Então mandou uma mensagem de texto para Julia. Elas iam a uma festa naquela noite. Julia ia dirigir. Liz ia ficar bêbada.

INSTANTÂNEO: NEVE

Está nevando.

A mãe de Liz tira cookies do forno, e o pai coloca a vitrola perto da lareira. É o feriado particular deles, a primeira neve, um dia em um globo de neve, um dia para apagar todas as luzes e fingir que o mundo está nascendo.

Liz e eu estamos do lado de fora, e desta vez não ficamos correndo de um lado para o outro como a Sininho surpreendida por uma tempestade de pó de fadas, não fazemos pedidos, não criamos anjos de neve. Hoje, a neve é branca e rodopiante, o céu está próximo, e o mundo é tão grande, lindo e infinito que não precisamos fingir. Tudo o que conhecemos já é perfeito.

CAPÍTULO TRINTA E OITO
Quarenta e um minutos antes de Liz Emerson bater com o carro

Liz passou um minuto tentando se lembrar das palavras exatas da Segunda Lei de Newton, algo sobre aceleração ser diretamente proporcional à força e inversamente proporcional à massa, e só faltavam quarenta minutos quando ela chegou à conclusão de que isso não importava. De um jeito ou de outro, ela sabia a equação. Força é igual a massa vezes aceleração. $F = ma$.

A Segunda Lei de Newton tinha mais a ver com matemática do que a primeira ou a terceira, então Liz havia conseguido tirar uma nota decente no teste. No entanto, isso era mais uma prova da sua capacidade de apertar botões na calculadora do que de qualquer entendimento verdadeiro, e, quarenta minutos antes de bater com o carro, ela ainda não compreendia por completo a relação entre força, massa e aceleração.

O livro didático tornava o mundo preto e branco e separava o que era e o que nunca seria com uma linha muito inflexível, como se tudo já estivesse decretado e a única função de Liz fosse continuar respirando.

Ela queria que tivessem falado mais da origem de todas as equações. Queria saber como Galileu, Newton e Einstein haviam descoberto as coisas que descobriram. Queria saber como eles podiam ter vivido no mesmo mundo que todo mundo, mas ver coisas que ninguém mais via.

Quarenta minutos antes de bater com o carro, Liz começou a pensar em Liam Oliver, que sempre passava a impressão de ver coisas que ninguém mais via e não parecia se importar com o fato de que isso era estranho.

CAPÍTULO TRINTA E NOVE
Pensamentos na estrada

Quando Liam viu o carro de Liz, quase bateu com o seu.

Aquele era seu pedaço preferido da autoestrada. Claro que o único supermercado ficava a uma hora de distância naquela porcaria de cidade no meio do nada que era Meridian, mas ele estava sinceramente gostando da viagem porque estava dirigindo o carro da mãe e gastando a gasolina dela. Ela tivera que levar sua irmã na aula de piano, então ele concordara em parar o dever de casa e resolver algumas coisas para ela. Gostava desses percursos longos e solitários de carro, que lhe permitiam organizar os pensamentos, e ele tinha muitos pensamentos para organizar nesse dia.

Pensou em Liz Emerson e na festa da noite de sábado. Ela tinha adormecido em seu ombro e ele a levara em casa.

À esquerda havia um aglomerado de árvores, que ele chamava de floresta por pena, e um grande declive do outro lado, então Liam conseguia enxergar quilômetros à frente. Adorava essa parte porque ela fazia com que se sentisse insignificante e necessário ao mesmo tempo, como se tudo tivesse uma razão de ser.

Naquele dia, quando olhou colina abaixo, ele viu uma Mercedes lá no fundo, soltando fumaça. *Parece o carro da Liz Emerson*, pensou.

Perguntou-se por um segundo se devia ligar para a polícia ou algo do tipo, mas alguém já devia ter ligado, certo? Já estava quase passando quando olhou outra vez; sua cabeça se virou depressa e, por algum motivo, através da fumaça e da distância, ele viu um relance de verde pela janela quebrada.

A Liz Emerson estava usando um suéter verde hoje, pensou.

Então pensou: *Merda*.

Depois não pensou mais nada.

INSTANTÂNEO: ROLANDO

Estamos rolando por uma colina incrivelmente verde. Nossos braços estão pressionados contra o peito, o cabelo entra na boca, emaranhado em nossa risada. A gravidade brinca conosco, o impulso é nosso amigo. Somos borrões de movimento. Apostamos corrida e ambas estamos ganhando, porque não apostamos uma contra a outra.

Apostamos contra o mundo, e por mais rápido que ele gire, por mais rápido que ele rode, somos mais rápidas.

CAPÍTULO QUARENTA
Foi isto o que o carro de Liz Emerson fez

*E*le rolou.

Sentada no sofá marrom, ela tinha imaginado sua morte da seguinte forma:

Ela sai da estrada e desce a colina. O carro desliza, capota algumas vezes. Ela bate a cabeça e morre. Seu corpo está praticamente intacto quando o encontram. Vão retirar seus órgãos, e seu corpo será mais útil do que quando estava vivo.

Não acontece assim.

Cerca de um quilômetro e meio antes de sair da estrada, ela tinha tirado o cinto de segurança. Planejava fechar os olhos, se recostar e deixar acontecer. Se tivesse prestado mais atenção à aula de física, saberia que as leis do movimento são mais fortes do que seus planos.

Durante a descida, ela se segurou no volante, com o pé enfiado no freio. Talvez, se apertasse com força suficiente, conseguisse fazer o mundo parar de girar.

Não funcionou.

Seu banco voou para a frente e sua perna se quebrou em três partes diferentes. O carro caiu com as rodas para cima no pé da colina e deslizou pela grama congelada até a base da árvore. Ela gritou e tentou encontrar algo em que se segurar. Sem querer, jogou a mão pela janela quebrada, onde por um instante o carro a prendeu contra o chão e a estraçalhou. O carro bateu na árvore, destruindo o lado do carona, e a força jogou a cabeça de Liz para fora.

Quando tudo parou, ela estava deitada no ninho de vidro, olhando para o céu.

CAPÍTULO QUARENTA E UM
Gravidade

Liam sabia, uma vez na vida, que havia uma festa naquela noite. Era na casa de Joshua Willis, e (como Joshua era o veterano maconheiro) seria no alto da colina, perto da floresta.

Ele só sabia porque morava a um quarteirão de distância. As fofocas chegavam devagar a Liam; em geral, quando ele ficava sabendo das festas, elas já tinham acabado. Mas naquela noite, na silenciosa escuridão de seu quarto, ele estava perto o bastante para ouvir os gritos e risadas.

Olhando para o teto invisível, ele se perguntou como eram essas festas. Perguntou-se como era ficar bêbado e não se importar com nada.

Naquela noite, não pela primeira vez, desejou ser parte daquilo.

Em geral, Liam se sentia bastante satisfeito em ser deslocado. Não se importava muito por se sentar no anel externo do refeitório durante o almoço. Não se preocupava com o que as pessoas diziam sobre ele. Grande parte do bullying era indireto, e muitos do bullies não sabiam que eram bullies, e talvez alguns nem tivessem a intenção de ser. Ele via isso com clareza, e esse fato não o incomodava mais. Ele sabia quem era.

Havia certa liberdade em estar de fora. Ele observava em vez de ser observado. Depois que Liz destruíra sua reputação no primeiro ano, Liam se rendera a coisas a que antes resistia pelas aparências. Passara a ler Thoreau em público, parara de gastar dinheiro com roupas desconfortáveis, tirara os pôsteres de modelos de biquíni e cobriu suas paredes com letras de música e citações. Aceitou sua esquisitice, e foi bom.

Mas às vezes, como naquela noite, ele queria mais.

O barulho o manteve acordado até as duas da manhã, quando alguém finalmente chamou a polícia e a festa se dispersou. No silêncio que ficou para trás, Liam ouviu alguém vomitando.

Tentou ignorar, mas aqueles sons de ânsia de vômito eram horríveis. Suspirou, saiu da cama, abriu as cortinas e viu uma figura cambaleando pelo parque ao lado de sua casa, que na verdade era mais um campo tomado de mato com um parquinho cheio de tétano. Droga. Agora ele teria de ser uma boa pessoa, certo? Colocou uma jaqueta e saiu para investigar.

Encontrou Liz Emerson deitada no chão, tremendo.

Liam ficou olhando para ela por um instante, perguntando-se o que tinha feito para merecer aquilo, uma garota muito bêbada por quem ele era apaixonado desde o quinto ano, semiadormecida e completamente sozinha ao lado de sua casa.

Quase sozinha, pensou ele, agachando-se ao lado dela.

Em geral, Liz Emerson era uma pessoa bonita, mas, com os olhos vermelhos e fios de vômito ainda pingando de seu queixo, ela não estava nem um pouco bonita naquela noite. Mesmo assim havia algo lindo nela.

— Droga — murmurou ele. — Que se dane. Liz?

— Jake? — perguntou ela, grogue, tentando beijá-lo.

Liam já havia passado muitas horas fantasiando beijar Liz Emerson, mas em nenhuma delas a garota cheirava a vômito e álcool, e em nenhuma delas ela achava que ele era Jake Derrick, então ele recusou. Levantou-a e a segurou pelos ombros quando ficou claro que ela não conseguia ficar sentada por conta própria.

— Liz — disse. — Você veio de carro?

— Não, seu bobo — resmungou ela. — Julia.

— Droga — murmurou ele, observando os olhos dela com mais atenção. — Você não está drogada também, ou está? Meu Deus. Você está.

Liz soltou uma risada embolada e tentou ficar de pé.

— A Julia foi para casa porque ela é toda boazinha e tal, e eu falei para ela que a Kennie ia me levar para casa... mas a Kennie e o Kyle estão se agarrando... então eu vou a pé... tudo bem...

— Está bem — disse Liam, levantando-a. — Tudo bem. Eu levo você em casa de carro.

Ela não respondeu, só se apoiou no ombro dele e desmaiou.

— Droga — repetiu Liam.

Ele deu alguns passos assim, arrastando Liz, depois desistiu e a pegou no colo. *Estou segurando a Liz Emerson*, pensou, e depois pensou de novo, porque não conseguia acreditar. *A Liz Emerson está nos meus braços.*

Ela era quente e menor do que ele imaginara.

Liam a colocou no banco do carona de seu LeBaron velho e pensou por um segundo em entrar e avisar à mãe sobre esse passeio pela cidade no meio da madrugada, mas decidiu não fazer isso. Ela não ia acordar e, de um jeito ou de outro, ele não sabia como explicar.

— Você... me sequestrando? — murmurou Liz quando Liam saiu com o carro.

— Depende — respondeu ele. — Você vai vomitar no meu carro?

Ela vomitou.

— Droga.

Ele dirigiu pelo restante do caminho em silêncio. Liam sabia onde Liz morava, todo mundo sabia onde Liz morava. Mas essa era a primeira vez que ele via sua casa de perto, e não sabia por que a ideia de entrar o deixava tão desconfortável.

Ele pigarreou e disse:

— Liz, você está com a sua chave?

Ela não respondeu. Liam desligou o carro e perguntou de novo no silêncio. Precisou repetir a pergunta mais duas vezes até ela finalmente balbuciar:

— Capaaaacho.

Ele saiu do carro, foi até o lado do carona e a arrastou atrás de si. Subiu os degraus com Liz mole em seus braços, agachou-se sem jeito com ela apoiada ao ombro e tateou até encontrar a chave presa com fita à parte inferior do capacho de boas-vindas.

— Isso é de uma idiotice deprimente — disse ele.

Levantou-se com ela e destrancou a porta, tentando achar o interruptor. No interior, a casa era tão grande quanto parecia do lado de fora; bonita, pensou ele, cheia de linhas clean e ângulos agudos, mas de certa forma solitária. Enquanto ele atravessava o hall, lhe ocorreu que talvez a localização idiota da chave extra não fosse a coisa mais deprimente da casa, no fim das contas.

Liam tentou colocar Liz em um sofá branco na sala de estar, mas acabou meio que jogando-a. Estava cansado e não tinha exatamente muita força nos braços. Então ficou parado olhando em volta. Quando se voltou para Liz, ela voltara a ser intocável. Aquele era o lugar dela, não dele.

Então ele foi embora.

Só tinha chegado na metade do hall quando a ouviu.

– Liam – suspirou ela. – Obrigada.

Ele hesitou. Quase voltou para ficar com ela.

Em vez disso, continuou andando pelo hall de pé-direito alto e saiu porta afora. Apagou as luzes antes de sair para o frio e a deixar dormindo no escuro.

Disse a si mesmo que Liz estava bêbada demais para lembrar. Na segunda, como ela não prestou mais atenção à existência dele do que de costume, Liam concluiu que tivera razão.

Não tivera.

Quando acordou, Liz correu para o banheiro e vomitou. Depois, apoiou-se ao vaso sanitário, apoiou a cabeça na parede e pensou nele. Ela se perguntou. Por quê.

Estava cansada. A gravidade a puxava com mais agressividade do que de costume. Quando fechava os olhos, ela a sentia, arrastando-a cada vez mais fundo.

Eu a teria puxado de volta. Eu a teria salvado da queda, mas ela não viu minha mão.

CAPÍTULO QUARENTA E DOIS
Trinta e oito minutos antes de Liz Emerson bater com o carro

Gravidade.

Era a força fundamental, não era? A última aceleração. E depois a batida.

Talvez, pensou ela, *ele veja alguma coisa que ninguém mais consegue ver.*

Em mim.

Então riu.

Ela não entendia a gravidade, mas também não entendia Liam. Dirigiu e se lembrou dos olhos dele à luz do candelabro ridículo, a estranha graça de seus dedos, o jeito que ele a chamava de idiota sem desprezo.

Aquelas eram lembranças muito nebulosas, e ela achava que era sua culpa. Álcool e maconha. Ela não se lembrava de muita coisa daquela noite, mas se lembrava de Liam.

Era irônico, porque ela tinha outras lembranças mais claras de Liam que adoraria esquecer, mas nunca conseguiria.

Achava que isso também era culpa sua.

CAPÍTULO QUARENTA E TRÊS
Relances

Julia e Kennie estão sentadas com a mãe de Liz. Ambas observam Liam, e ambas tentam impedir que a outra perceba.

— Espero que a minha mãe não volte — comenta Kennie rapidamente a Julia quando ela a pega olhando a sala de espera outra vez.

— Ela não vai voltar — diz Julia. — Não tem uma reunião da igreja ou coisa do tipo? Eu levo você em casa. Mas não sei onde está a minha chave. — Ela olha a sala, ainda que sua chave esteja no bolso.

E assim tudo continua.

Julia está tentada a ir até lá e finalmente se desculpar pelo que elas fizeram, mas porque Liam lhe daria ouvidos?

Kennie, por outro lado, lembra-se de todas as coisas horríveis que disse sobre ele e começa a chorar outra vez, pois não lembra exatamente por que se tornou um ser humano tão horrível.

Liam olha pela janela.

CAPÍTULO QUARENTA E QUATRO
Trinta e cinco minutos antes de Liz Emerson bater com o carro

*E*las tinham aceleração, ela, Kennie e Julia. Tinham massa. Incitavam, zombavam e multiplicavam as outras, então tinham força. Eram as catalisadoras, os dedos que empurravam a primeira peça do dominó. Começavam coisas que se tornavam outras coisas muito maiores que elas próprias.

Um toque, um empurrão na direção errada, e todo mundo caía.

CAPÍTULO QUARENTA E CINCO
Caindo

No primeiro dia do quinto ano, Liz estava sentada no balanço ao lado de Liam no recreio, caindo e voando. Seu cabelo se espalhava atrás dela e seus olhos estavam fechados, e foi isso o que chamou a atenção dele, os olhos fechados. Ela parecia meio boba e muito viva, e Liam não conseguia parar de olhar.

Liz, por sua vez, sabia que o garoto a seu lado estava olhando, mas gostava demais do balanço para se importar com o que ele pensava. Ela amava o vento batendo no rosto, o breve momento de suspensão no topo do arco e a sensação de queda ampliada pela escuridão de suas pálpebras. Ela se imaginava um pássaro, um anjo, uma estrela cadente.

No cume do arco, se soltava. E voava.

Liam observava boquiaberto, esperando ela cair no asfalto e morrer tragicamente diante de seus olhos.

Ela não caiu. Quando foi embora, o coração de Liam a seguiu.

No ano seguinte, eles começaram o fundamental II e escolheram matérias eletivas pela primeira vez. Liz e Julia escolheram o coral. Kennie e Liam escolheram a banda, o que não era um problema, mas ambos escolheram tocar flauta, o que era.

Liam se tornou o primeiro garoto da história de Meridian a se sentar na seção de flautas, mas não se importava com isso porque era muito talentoso.

Kennie se importava, porque Liam era *muito talentoso*, mais do que ela jamais seria, o que significava que ela seria a segunda flauta pelo resto da vida.

No segundo dia do primeiro ano do ensino médio, Kennie saiu furiosa da banda dizendo que Liam era puxa-saco, babaca e totalmente metido, e Liz, cansada das bobagens dela, interrompeu para dizer:

— Então faça alguma coisa.

Kennie se surpreendeu.

— O quê?

Liz deu de ombros.

— Você sempre reclama, mas nunca faz nada. Então vamos fazer alguma coisa.

Depois disso, o plano se compôs muito rápido.

CAPÍTULO QUARENTA E SEIS
A destruição de Liam Oliver

*H*avia três fases.

A primeira aconteceu durante o almoço na segunda-feira da semana de boas-vindas do primeiro ano do ensino médio. O anel central estava vazio porque todos estavam no corredor, esperando para votar para a corte do baile de boas-vindas. O anel externo ficou onde estava. De que adiantava? Todo mundo sabia que Liz Emerson ia ganhar, e provavelmente Jimmy Travis. Não importava. *Fazer coroas e coisas desse tipo dá trabalho demais*, diziam a si mesmos. O único jeito de um dia chegarem à corte seria pela mão da própria Liz Emerson.

No baile de boas-vindas do primeiro ano, foi exatamente o que ela fez.

Disse a todo mundo para votar em Liam Oliver, o único menino que tocava flauta. Os garotos riram e o chamaram de gay, e as garotas deram de ombros porque não davam a mínima para quem era eleito o rei do baile.

Liam estava na banda tocando "Fate of the Gods" quando a voz de Dylan Madlen, presidente da turma dos veteranos, saiu pelo sistema de comunicação para anunciar a corte, e Liam quase deixou a flauta cair ao ouvir seu nome seguido pelo de Liz Emerson.

Por um momento insano, pensou que aquilo era o começo de algo, talvez o dinheiro que ele tinha gastado em roupas novas não tivesse sido um desperdício. Mas depois olhou em volta e todo mundo estava tentando conter o riso, e a realidade ficou clara.

Bom, que brincadeira extraordinária.

Ele olhou para a flauta, para seu reflexo deformado, e não voltou a erguer o rosto até o sinal tocar.

Elas executaram a fase dois no dia seguinte, durante o sexto tempo. Liz tinha um passe falso para a sala de orientação e o usou para sair da aula de geometria. Kennie saiu da aula de espanhol para ir ao banheiro e a encontrou debaixo da escada. Julia demorou um pouco mais, pois foi preciso convencê-la a sair de sua aula avançada de biologia, mas no fim das contas ela apareceu. Juntas, as três foram para a sala da banda.

— Idiota — disse Liz a Kennie enquanto atravessavam os corredores desertos. Elas estavam ridículas: o tema de boas-vindas daquele dia eram os anos oitenta, e todas usavam leggings neon e casacos enormes. — Como você vai explicar a meia hora que passou no banheiro?

Kennie franziu a testa. Seu rosto mal era visível sob todo aquele cabelo armado.

— Problemas digestivos?

— Necessidades femininas — sugeriu Julia. — Diga que precisou procurar um absorvente. O Jacobsen tem medo de mulheres.

— Aaaah — disse Kennie, animando-se. — Me empresta um absorvente?

— Você não precisa de absorvente, sua burra — disse Liz, parando diante da porta da sala da banda. — Agora cala a boca. Vamos.

Liam tinha esse tempo livre, e com frequência treinava flauta. Liz, que nunca havia tocado um instrumento na vida, achava difícil acreditar que ele estava mesmo treinando. E, como não estava treinado, devia estar fazendo outra coisa. Ela esperava que fosse algo hilário e monumentalmente vergonhoso. Ia pegá-lo no ato.

— Vamos — disse ela a Julia e Kennie, sem necessidade, e as três entraram.

As salas de ensaio ocupavam uma das paredes da sala da banda, e na mais distante havia alguém tocando.

Elas espiaram pela janela estreita.

Liam estava de costas para elas, tocando flauta.

As garotas esperaram cinco, dez, quinze minutos.

Liam continuou tocando flauta.

— Isto é uma idiotice — sussurrou Liz, enfim.

Só que ela não estava falando sério. Não estava entediada. Estava fascinada por ouvir Liam tocar, porque era evidente que ele estava feliz. Aquilo a fazia se lembrar de que já houvera uma época em que ela era apaixonada pelo sol, pelo vento e por cada breve voo.

Vê-lo tocar era como observar o céu mudar de cor.

Então ela ficou com inveja, porque Liz Emerson nunca tinha esse tipo de paz. Não daquele jeito. Não mais.

De repente, Liam parou. Elas se jogaram no chão prendendo a respiração, mas ele não as tinha visto. Só estava ajeitando o suporte de partitura, ou tentando fazer isso.

— Droga. — Liz o ouviu murmurar. — Anda... logo...

Kennie suprimiu uma risada contra o ombro de Liz.

— Foi o que a garota disse. — Riu ela, pensando no duplo sentido.

E pronto.

O momento hilário, brilhante e monumentalmente vergonhoso.

Liz tirou o telefone do bolso tão rápido que quase deu uma cotovelada no rosto de Kennie. Abriu o aplicativo da câmera, posicionou a lente no vão inferior da porta e apertou o botão para filmar.

— E aqui — sussurrou ela. — Vemos Liam Oliver em seu habitat natural, desfrutando o principal passatempo de sua espécie: *brincar* com a sua flauta.

Liam passou pela porta, a barra da calça jeans gasta, o All-Star a ponto de se desintegrar. Era só o que elas conseguiam ver, mas era tudo de que precisavam. Houve algumas batidas, e Kennie riu de novo.

— Anda logo — veio de novo a voz abafada dele. — Um pouco mais alto, droga.

E então ele literalmente gemeu, e nem Julia conseguiu conter o riso. A câmera balançou quando elas esconderam o rosto nos ombros umas das outras, tentando ficar quietas.

Houve um baque surdo. Liam tinha perdido o equilíbrio e caído contra a parede, mas não era o que parecia na câmera. Kennie soltou um som que era meio risada, meio soluço, e Liam congelou do outro lado da porta.

No entanto, quando olhou pela janela, elas já tinham sumido.

* * *

Liz mandou o vídeo para toda a sua lista de contatos. No fim do dia, parecia que todo mundo tinha visto. Alguém o colocara no Facebook, e outra pessoa, no YouTube. No corredor, depois do último sinal, ela viu pessoas rindo quando Liam passou. Virou as costas, porque ver o rosto confuso dele fez com que se sentisse estranha em algum lugar profundo.

Mesmo assim, Liz foi para casa e se preparou para a fase três.

Liam Oliver é tarado.
Liam Oliver é gay.
Liam Oliver está em um *ménage à trois*.
Liam Oliver sente tesão por objetos inanimados.
Liam Oliver comeu a tinta do berço quando era pequeno e ficou maluco para sempre.
Liam Oliver transa com qualquer coisa.
Esses eram os boatos mais decentes.

A fase três deveria ter sido uma vitória fácil. Claro, todo mundo disse que o jogo de futebol americano também seria, e, quinze minutos depois, o time do colégio estava perdendo de quatorze a zero. Meridian inteira se aglomerava na arquibancada, encharcada e histérica. O ar cheirava a chuva e peixe. O clube de apoio sempre fazia peixe frito antes do jogo de boas-vindas, e naquela noite o céu era feito de escamas, óleo e derrota.

Liz se levantou na arquibancada instável, batendo os pés, pulando e gritando, usando apenas um top esportivo, short e tinta. À sua direita, Julia era a única na seção de alunos que estava sentada, com os braços firmemente cruzados porque a chuva deixava seu top meio transparente. À esquerda, Kennie apertava o braço de Liz com toda a força, porque mais cedo Jenna Erikson tinha caído da arquibancada e quebrado a perna. Kennie se pressionava contra a lateral do corpo de Liz e reclamava que a chuva ia apagar o nome de Riley Striver de sua barriga antes que ele conseguisse ver. Liz não se importava. O JAKE DERRICK em sua barriga já tinha se transformado em aquarela havia muito tempo.

Mas foi pior quando a chuva finalmente parou. A neblina era densa e bloqueou as luzes, e no intervalo do jogo, depois que a apresentação da banda terminou, Liz afastou Kennie e desceu a arquibancada com o restante da corte de boas-vindas, com uma caixa de sapatos na mão. Ela a segurava com cuidado. A coroa de Liam estava ali dentro.

As calouras a aplaudiram quando ela atravessou a pista de corrida em direção ao campo. Liz ouviu o grito de Kennie acima de todos os outros.

Os garotos também gritavam, mas não por causa dela, e não estavam aplaudindo.

Liam estava atrás dela. Os tênis detonados chapinhavam na lama, passos ecoando os dela. E, de repente, só o que importava eram os pés dela, os pés dele e a distância entre os dois. Era como uma dança, e a música era feita dos gritos de suas colegas de turma: passo, *gay*, passo, *tarado*, passo, *bicha*. Aquilo feria os ouvidos dela.

Ela queria se virar. Queria pegar a mão dele e puxá-lo... para onde? Para onde o levaria?

Olhou por cima do ombro, e ele desviou os olhos.

Eles chegaram ao centro do campo e tomaram seus lugares na fila com os outros membros da corte. Na frente da formação, Kate Dulmes riu ao ver Liam e cutucou Brandon Jason, que fez um gesto obsceno enquanto o diretor procurava a lista com o nome deles nos bolsos.

— Ei, Liam – disse Brianna Vern, uma das representantes do segundo ano, inclinando-se para a frente e sorrindo para ele. – Que legal da sua parte se juntar a nós. Estávamos falando agora mesmo que é mais fácil ser garoto que garota. Tipo, vocês não têm menstruação nem nada disso. E vocês *amam* seus membros.

— Cara, ela está certa – disse Matthew Derringer. Ele era o outro representante do segundo ano, e um dos melhores amigos de Jake. Liz não sabia por quê, mas sempre tinha de lutar contra a vontade de abraçá-lo quando ele estava por perto. Aproximar-se, envolvê-lo com os braços e dar uma joelhada no seu saco incauto. Com força. — Eu amo mesmo os meus membros. Eu os recompenso. E você, Liam? Quando foi a última vez que recompensou essa sua flauta? Agora, na arquibancada? Achei que senti o chão tremer.

A neblina. Ficou tão mais densa.

A risadas. Os gritos (*gay tarado bicha gaytaradobicha*). A perfuração das unhas de Liz contra as palmas das mãos, dos dentes contra os lábios. E o silêncio. Silêncio pesado, pesado, pesado.

Em algum lugar da neblina, o diretor anunciou Kate e Mike como rei e rainha.

A coroa que Kate tinha feito para Mike era pesada, elaborada e linda, e a dele para ela era do Burger King. Houve uma pausa e cliques furiosos enquanto os pais tiravam fotos. Alguém reclamou que deveriam voltar a fazer a coroação durante o baile, quando todo mundo estava arrumado, mas ninguém ouviu. Os nomes continuaram. Os representantes do terceiro e penúltimo ano, do segundo ano.

Os olhos de Liz cintilaram para Liam.

Ela se perguntou se ele tinha assistido ao vídeo, assistido até o fim.

— Seus representantes do primeiro ano: Liz Emerson e Liam Oliver!

Liz tirou a coroa da caixa de sapatos. Tinha entrado na internet e comprado a flauta mais vagabunda e barata que encontrara. Jake a cortara em pedaços em sua aula de metalurgia, e ela a transformara em um círculo irregular com cola quente. Agora a tirava do ninho de lenços de papel e a oferecia a Liam.

A cara dele.

Por que você veio?, ela tinha vontade de gritar. *Por que você veio, droga? Idiota, seu idiota. Você sabia que isso ia acontecer. Sabia o que a gente ia fazer. O que eu ia fazer.*

Você merece isso, tentou pensar, mas não conseguiu. *Você causou isso a si mesmo.*

Havia um caroço em sua garganta e ela não sabia por quê.

Ele passou um bom tempo olhando a coroa. Observou as silhuetas enevoadas das líderes de torcida abrirem um grande faixa de papel: BOAS-VINDAS DE MERIDIAN, LUTAR PARA VENCER! Observou Nick Braden tropeçar enquanto corria de volta para o campo e o restante do time caía sobre ele. Observou a multidão vaiar. Observou o treinador finalmente perder a cabeça e começar a gritar com a corte para "sair da droga do campo!" e para o time "Levantar a bunda do chão!".

O silêncio dele a torturava. Ela inspirou para quebrá-lo, mas ele ergueu o rosto.

Naquele momento, Liz deveria dizer alguma coisa, algo horrível, e sorrir com todos os dentes, mas a única palavra de que conseguia se lembrar era o nome dele. Ela tentou dizê-lo. Não conseguiu.

Depois de um instante, ele pegou a coroa das mãos de Liz, jogou a caixa de sapatos que trouxera aos pés dela e saiu do campo.

Liz o observou se afastar com a garganta apertada e os olhos estranhamente cheios d'água, depois olhou para baixo. A tampa caíra para o lado quando a caixa tinha batido no chão, e ela viu a ponta da coroa.

Era linda, e de repente ela entendeu. Ele tinha ido por causa disso. Para lhe dar a coroa.

A lama sujou seus joelhos quando ela se ajoelhou ao lado da caixa de sapatos. Estava fria, e o frio se espalhou. Ela estendeu a mão para a coroa, afastou os lenços de papel. Arame torcido, trançado e enrolado, coberto com folha de ouro e tinta spray metálica. Era inacreditável, e ela tocou as bordas para se certificar de que existia.

Liz se virou.

– Liam!

Não houve resposta.

— Você — urrou o treinador, marchando na direção dela. — Você tem três segundos para sair da droga do campo, ou eu mesmo vou *arrastá-la*.

Mais tarde, Meridian perderia o jogo por 49 a 2, e Liz Emerson se afastaria discretamente de Kennie e Julia para correr por todo o campo de futebol americano em busca de Liam para dizer... alguma coisa. Ela não sabia. Qualquer coisa. Tudo.

Mas, enquanto empurrava as pessoas e abria caminho entre elas, ela viu um Ziplock saindo do bolso de um desconhecido e o pegou, porque estava cansada demais para continuar procurando.

CAPÍTULO QUARENTA E SETE
Os efeitos

Liam não foi ao baile, mas isso não importava.

Claro que não tinha problema rir. Era engraçado. Um nerd votado para a corte e flagrado... treinando. Além do mais, ninguém se machucou de verdade. Liz, Kennie e Julia foram ao baile e dançaram na pista escorregadia de suor, depois foram a festas, ficaram bêbadas e se esqueceram completamente daquilo.

Na segunda, Liam saiu da banda.

Quando o professor tentou fazê-lo mudar de ideia, ele jogou a flauta na parede e foi embora.

* * *

Muitas pessoas imaginaram que Liam tinha chorado ao ver o vídeo.

Estavam erradas.

Liam assistiu sem qualquer emoção.

Ninguém imaginou que Liz tinha chorado ao assistir a ele.

Depois que Liam saiu da banda, deixando sua flauta amassada e destruída para trás, ela assistiu ao vídeo várias vezes. Deletou-o e chorou porque não podia fazer nada. Não podia retomar o vídeo de todas as pessoas para quem o tinha enviado e de todos os indivíduos a quem essas pessoas o haviam mandado. Não podia tirá-lo da internet. Não podia consertar a flauta de Liam. Então não tentou.

CAPÍTULO QUARENTA E OITO
Trinta e três minutos antes de Liz Emerson bater com o carro

*L*iz pensou em Liam Oliver em termos da Segunda Lei de Newton.

Massa. Liz conseguiu reunir uma plateia enorme. O vídeo se espalhou como um vírus. Cidades a uma hora de distância conheciam Liam Oliver. Adolescentes o paravam no Walmart e perguntavam, rindo, sobre sua flauta.

Aceleração. Não havia unidade que pudesse medir de forma exata a velocidade, a energia potencial e cinética, da fofoca, que fazia o som parecer uma tartaruga. Fazia a luz parecer a avó aleijada de Kennie. Havia um estranho vício no ato de espalhar um boato, em apreciar a dor de outra pessoa. Ninguém conseguia resistir.

Força. Liz. Ela olhou ao redor e viu todas as coisas quebradas que deixava para trás, depois olhou para dentro de si mesma e viu as rachaduras causadas pelo peso de tudo o que tinha feito. Odiava ser quem era e não sabia como mudar. Meia hora antes de sair com o carro da estrada, percebeu que, apesar de tudo isso, não tinha força suficiente para impedir o mundo de girar.

Mas tinha força para parar a si mesma.

Depois de Liam, houve outros.

Lauren Melbrook, que começou a namorar Lucas Drake depois que ele terminou com Kennie. Eles eram um casal fofo e faziam Kennie chorar. Então, em uma manhã de janeiro, Liz, Julia e Kennie acordaram cedo para escrever PUTA com tinta spray na neve do jardim de Lauren. Elas tiraram fotos, as colocaram no Facebook e marcaram Lauren em todas elas. Lucas Drake terminou com ela no mesmo dia.

Sandra Garrison, que contou à Sra. Schumacher, professora de álgebra II delas, que Liz tinha colado de sua prova. A Sra. Schumacher acreditou nela, mas Sandra não tinha provas, então a Sra. Schumacher deixou passar, mas Liz (porque de fato tinha colado na prova) achou necessário espalhar um boato de que Sandra Garrison estava grávida. Como o estresse a fazia comer, Sandra acabou mesmo ganhando peso depois que a fofoca circulou. Mais tarde, Liz espalhou um segundo boato de que Sandra tinha feito um aborto, marcando a morte de seu status social, que já estava despencando.

Justin Strayes, que tinha debochado do relacionamento tenso de Julia com o pai. Liz plantou um saquinho de maconha no armário dele no dia em que os cachorros farejadores de drogas apareceram. Houve uma investigação imensa e Justin acabou perdendo muitas aulas para ir ao tribunal. Quando voltou, ninguém o olhava nos olhos. Experimentar não era um problema. Ser pego, sim. Justin tinha sido pego, e agora só os maconheiros falavam com ele.

Todos se tornaram parte da contagem de corpos metafórica de Liz.

CAPÍTULO QUARENTA E NOVE
Vinte e nove minutos antes de Liz Emerson bater com o carro

Liz se perguntou por que Lauren Melbrook nunca tinha escrito a palavra HIPÓCRITA com tinta spray em seu gramado.

CAPÍTULO CINQUENTA
O que Liz não sabia

Liam nunca deixou de tocar flauta.

Ele largou a banda. Mas a banda sempre fora uma idiotice. Ele destruiu a flauta. Mas tinha mais três em casa.

Em certos dias, ficava tentado a abrir mão de tudo. Ele nunca considerou o suicídio a sério. Na verdade, não sabia muito bem como fazê-lo. Ainda se jogava uma torradeira dentro da banheira? Mas isso passou por sua cabeça algumas vezes.

O que o vídeo realmente causou foi o seguinte: o fez entender por que tanta gente odiava Liz Emerson, e ele também percebeu por que todos a seguiam. Liz Emerson ficava bêbada com muita facilidade, e com quase qualquer coisa: álcool, poder, expectativas. Ela nunca tinha cuidado com a própria vida ou com a dos outros, e em seu desmazelo havia uma frieza, uma crueldade profunda, uma disposição para destruir qualquer um, todo mundo.

Ele seguiu em frente. Continuou tocando flauta. Descobriu que ainda existiam coisas bonitas no mundo e que nada seria capaz de mudar isso.

E, um dia, decidiu perdoar Liz Emerson.

Foi mais ou menos no começo do segundo ano, em um dia nublado e estranho. Liam tinha ficado depois da aula para editar sua matéria na revista literária e, quando saiu da escola, percebeu que não estava sozinho.

Liz Emerson esperava uma carona. A julgar pelo pequeno anel de suor em sua camiseta e pelo estado de seu cabelo, ela tinha acabado o treino de atletismo. Eles se ignoraram deliberadamente. Liam ficou na sombra do prédio, e Liz, sob a luz fraca e vaga, com a cabeça curvada sobre o celular e o ombro apoiado à parede.

Liam a observou em silêncio e se lembrou de como se sentira ao ver o vídeo pela primeira vez. Nunca quisera tanto bater em alguém quanto desejara socar Liz Emerson.

Ele se imaginou atravessando a distância entre eles, arrastando os All-Stars puídos no cimento pontilhado por chicletes; ela se voltando, surpresa, e depois se virando outra vez enojada, o punho dele se fechando...

Então riu para si mesmo, porque qualquer um sabia que Liz Emerson tinha um soco mais forte do que o dele.

Ele estava prestes a virar as costas quando de repente as nuvens se abriram e uma fenda de céu apareceu. Quando olhou outra vez para Liz, a cabeça dela estava jogada para trás e ela olhava aquela fatia de azul com os olhos arregalados.

Então as nuvens se deslocaram e o azul sumiu, e, por um segundo, o rosto de Liz ficou tão vulnerável e indignado que Liam quase esperou que ela desse um jeito de ir lá em cima e separar as nuvens com os dedos.

O som de pneus contra o asfalto fez Liam se endireitar e desviar os olhos. Quando olhou outra vez, Liz estava entrando em um carro.

Enquanto ela ia embora, ele a perdoou, porque percebeu que Liz Emerson também desejava coisas bonitas.

INSTANTÂNEO: ACIMA

É o aniversário de seis anos de Liz, e seu pai fez todos os desejos dela se tornarem realidade.

O nariz da menina está pressionado contra a janela pequena e redonda do avião. Do lado de fora, as nuvens são montanhas em ondas, enrolando-se em grandes espirais que ela não consegue acompanhar sem ficar tonta. Em todo lugar, em todo lugar há sol e céu, e o mundo inteiro está abaixo dela.

Quando ela chegar em casa à noite, Monica vai perguntar como foi a viagem de avião, e ela falará durante horas sobre tudo o que viu. Então virá até mim e descreverá tudo de novo, mas vai estar distante. Eu conhecia muito bem o jeito com que os olhos de Liz se iluminavam quando ela falava de voar, mas não vou ver esse brilho.

Ela pega minhas mãos e eu aperto as dela com força, porque já sei o que ela vai perceber muito em breve: é humana e obedece às mesmas leis da natureza (sobretudo à gravidade) que todos os outros.

Por mais que tente, nunca vai criar asas.

CAPÍTULO CINQUENTA E UM
Três dias antes de Liz Emerson bater com o carro

Liz não queria companhia naquele dia. Estava com uma ressaca gigantesca, e sua boca continuava com gosto de vômito. Não tinha terminado o trabalho de física. Apesar de se esforçar, ainda estava tão confusa por causa de Liam que não conseguia se concentrar. A presença de Jake a irritava, porque ambos sabiam que ele só estava ali porque a TV dela era maior e ela tinha surround sound, então o som da metralhadora dele em Call of Duty ficava "maneiro para caralho". Liz estava sentada no sofá com seu fichário de física aberto sobre as almofadas, escrevendo GRAVIDADE É GRAVIDADE É SEMPRE GRAVIDADE sem parar e, entre um palavrão e outro para a tela, Jake lhe dizia para explicar isso em termos de variáveis. E de repente ela se sentiu muito cansada dele, largou o lápis e finalmente o acusou de traí-la.

Ela sabia desde quase o início. Nossa, na primeira vez em que a beijou, ele ainda namorava Hannah Carstens.

Três semanas depois do começo do namoro, ela, Julia e Kennie estavam atravessando o estacionamento em direção ao carro do irmão de Kennie. Elas viraram a quina da escola e se calaram, porque, bem diante delas, Jake Derrick estava ficando com uma garota que definitivamente não era Liz Emerson.

Tanto Julia quanto Kennie se viraram e olharam para Liz, que estava chocada demais para se magoar. Ela tinha olhado por um momento e, depois, virado as costas e se afastado, seguida de perto por Julia e Kennie.

Naquela noite, mandou uma mensagem de texto para Jake.

Oi. Não está dando certo. Acabou, ok? Tchau.

Ao longo do fim de semana, ele mandou sessenta e sete mensagens, que variavam entre *o que foi que eu fiz?*, *Liz, desculpe, me dê uma segunda chance, não vou fazer isso de novo. Sinto muito, amor* e *por que você não me responde?*

Ela não respondeu.

Eles ficaram separados por exatamente uma semana. Na sexta-feira seguinte, Liz estava andando pelo corredor com Kennie quando Jake pegou seu pulso, a virou e a beijou.

— Liz — sussurrou ele em sua boca. Seus dedos estavam emaranhados no cabelo e na cintura dela, sua testa roçava a dela. Ele estava em toda parte. — Liz, desculpe, ok? É sério. Preste atenção... Liz. Só não me diga que acabou.

Com o corredor inteiro olhando e Kennie dizendo "Oooounnn!" atrás dela, Liz não conseguiu.

Ela sabia que Jake não estava falando sério. Ele nem imaginava o que tinha feito de errado. Liz sabia que ele ainda esperava que ela não tivesse descoberto sobre ele e a garota da vez... Sarah Hannigan?

Mesmo assim, se convenceu de que ele não faria de novo.

Estava errada, claro.

Jake a traiu outra vez, e outra, e mais outra. Ele a traía com tanta frequência que estava convencido de que Liz era burra demais ou estava apaixonada demais para perceber. Além disso, as outras eram apenas casinhos, só diversão. Liz era a que importava para ele. Ou, pelo menos, era o que ele queria que parecesse.

Mas naquele dia, três dias antes de bater com o carro na árvore, no meio de uma briga cada vez mais intensa, Liz simplesmente não queria mais lidar com ele.

— Que porra é es...? Não, *droga*! — Jake quase caiu para a frente enquanto tentava matar um terrorista na tela. Ele deu uma olhada rápida para ela, esticada no sofá branco.

— O que deu em você? Por que está reclamando de tudo o que eu digo?

Saia da minha casa. Era o que Liz queria dizer. *Saia e não volte mais.* Mas o que acabou dizendo foi:

— Não sei, Jake. Por que você não pergunta para a Natalie Zimmer?

Ela viu as mãos de Jake se contraírem no controle, mas ele não desviou os olhos da tela.

— Do que você está falando?

Liz explodiu. Ela sabia de tudo. Sabia de Sammie Graham, com quem ele tinha trocado mensagens eróticas durante o segundo ano. Sabia de Abby Carey, que durante o verão abortara um bebê que não era do namorado. Sabia de Bailey Henry, que fora responsável pelo chupão que ele tinha quando voltara do banheiro durante o último baile de boas-vindas.

Viu Jake ficar pálido, depois vermelho, e antes que ela conseguisse terminar ele jogou o controle no chão e rosnou na cara dela.

— Não se faça de inocente, Liz. Acha que eu não sei sobre você e o Kyle no Ano-Novo? — desdenhou ele quando ela ficou sem fala por um instante. — É isso mesmo. Ele me contou. E você? Contou para a Kennie que deu para o namorado dela?

Que fique registrado, Liz não havia transado com o namorado de Kennie. Ela tinha ficado com ele. Estava bêbada, sozinha e destroçada e precisava de alguém para segurá-la.

— Você é uma piranha, Liz — disse Jake. — Anda por aí com o nariz empinado como se fosse muito melhor do que todo mundo, mas quer saber? Você não é.

Foi o jeito que ele falou. Liz nunca tinha se considerado melhor do que ninguém. Ela se considerava tão pior que em três dias sairia com o carro da estrada porque não achava que merecia compartilhar o planeta com sete bilhões de pessoas imensuravelmente melhores do que ela.

Foi o jeito que ele riu.

Depois que ele foi embora, Liz voltou a se sentar no sofá branco e se perguntou se o amor existia. Ela não conseguia se lembrar muito do relacionamento de seus pais. Pelo que recordava, eles eram felizes. Sua infância inteira fora feliz. Naquela época, ela achava que o mundo era um lugar maravilhoso, e no fim das contas estava completamente errada.

Ela pensou nos pais de Kennie e de Julia. Pensou que nenhum deles era feliz.

Liz acreditava que o amor era incondicional e, quanto mais tempo ficava sentada no sofá olhando para a tela, onde o avatar de Jake se enchia de balas, menos convencida ficava da existência do amor.

Mesmo assim, precisava ter certeza. E, como sua teoria não se aplicava apenas ao amor romântico, ela ligou para a mãe.

O telefone tocou doze vezes. Liz estava prestes a desligar quando a mãe finalmente atendeu.

— Liz? — A voz estava irritada e distante. — O que foi?

— Mãe? — Liz teve de pigarrear porque sua voz saiu muito baixa. — Mãe, eu...

Ela não sabia o que dizer. *Você me ama?* Até em sua cabeça aquilo parecia uma idiotice.

Monica deixou o silêncio durar uns cinco segundos.

— Liz, isso pode esperar? Achei que era uma emergência. Você sabe que esta é uma ligação internacional, não é? Estou no Rio, lembra?

— Sim, eu lembro, mãe. É que...

— Querida, eu precisei sair de uma reunião para atender o telefone. Eu já nem consigo entender direito o que o homem está dizendo... o sotaque dele é muito forte. Do que você precisa?

Do que ela precisava? Liz Emerson sabia do que precisava. Ela precisava mesmo era de ajuda, mas não sabia como pedi-la.

— Mãe — sussurrou enfim. — Acho que estou doente.

— Ah, bom, tem Tylenol na despensa. Você sabe disso. Preciso ir, ok, Liz? Volto na quarta-feira... — A mãe fez uma pausa e pigarreou. Claro que ela ia voltar na quarta-feira. Monica tinha perdido o Ano-Novo, a Páscoa, o Halloween e a primeira neve, mas nunca perderia o aniversário da morte do marido. — Quarta. Se agasalhe. Tome sopa. Tudo bem, preciso mesmo ir. — Monica hesitou, e sua voz estava distante quando disse: — Amo você, querida. Tchau.

LIGAÇÃO FINALIZADA.

Liz ficou olhando para a tela. As palavras de sua mãe ecoaram em sua cabeça: *amo você*. As pessoas diziam aquilo com tanta facilidade, como se não fosse nada, como se não significasse nada.

Ela se levantou e tirou o jogo de Jake do Xbox, o quebrou ao meio e foi arrumar o quarto. Liz não queria deixar nenhuma pista para trás, e, se alguém visse o estado do quarto, a história do acidente ficaria bem menos plausível.

CAPÍTULO CINQUENTA E DOIS
Esperanças e medos

A mãe de Liz reparou em Liam.

Ela se perguntava onde estava o namorado de Liz quando se lembrou do garoto sentado perto da janela desde a tarde do dia anterior. Ela não sabe que foi Liam quem chamou a polícia, o que ele tem a ver com Liz, nem sequer seu nome. Só sabe que ele está sentado no mesmo lugar há muito tempo.

Então compra um café para ele.

Liam está com o capuz puxado sobre a cabeça e com os olhos fechados. Monica se pergunta brevemente se ele e Liz estão namorando, o que explicaria por que Jake Derrick não apareceu e por que esse garoto ficou no hospital a noite e o dia inteiros. Ele é um garoto bonito, muito diferente dos outros que Liz levou para casa ao longo dos anos. Monica espera que este dure.

Coloca o café ao lado dele e começa a se afastar, mas o "obrigado" baixo de Liam a faz parar, se virar e olhá-lo de novo. Um caroço se forma em sua garganta quando ele a olha; ela vê claramente que ele quer pedir notícias, mas está morrendo de medo da resposta. Monica tenta sorrir e fracassa completamente, então se afasta, deixando Liam com um copo de café horrível.

CAPÍTULO CINQUENTA E TRÊS
Tato, ou a falta dele

Enquanto Liam bebe seu café, um grupo de menos-que-
-amigos-mais-que-conhecidos de Liz joga cartas do outro
lado da sala de espera.

– O Jacobsen foi um idiota com isso – diz um deles. – Cara, ele passou dever de casa. É, como se eu fosse
fazer dever de casa hoje à noite. A Liz está morrendo e ele
espera que a gente decore todos os verbos irregulares no
pretérito?

– É, a Macmillan ainda obrigou a gente a fazer o teste
de física. "É um curso de faculdade" e toda aquela babosei-
ra – diz alguém, descartando um nove de paus.

Do outro lado da mesa, alguém suspira.

— Droga. Estou fora.

— E aí – continua Nove de Paus. – Ela começou a falar da física dos acidentes de carro. Tipo, como assim? Já ouviu falar de tato?

Ele diz isso bem alto. As poucas pessoas que esperam por alguém além de Liz Emerson parecem tentadas a fazer a mesma pergunta a ele.

— O Eliezer não obrigou a gente a fazer nada. – O nome dele é Thomas Bane, e ele e Liz tiveram um casinho rápido no começo do ano enquanto ela estava dando um tempo com Jake. – Acho que o cara estava chorando na sala dos professores.

— Ou estava com o Sr. Stephens. Fazendo alguma outra coisa na sala dos professores.

Isso, entretanto, parece passar dos limites. Todas as cabeças se voltam e encaram furiosamente a pessoa que falou, e Thomas Bane diz:

— Cara. Não é o momento para isso.

Eles se calam, olhando as cartas. Por um instante, eu me perguntei se Liz estava errada. Talvez as pessoas realmente sejam menos egoístas diante da tristeza.

Então outra pessoa suspira.

— Droga – diz ele. – Também estou fora.

CAPÍTULO CINQUENTA E QUATRO
Vinte e quatro minutos antes de Liz Emerson bater com o carro

*E*la se lembrou do poema de Emily Dickinson gravado na parede da sala de inglês. Visualizou-o enquanto dirigia, palavras pretas na parede amarelada:

Se eu conseguir impedir um coração de se partir,
Não terei vivido em vão;
Se conseguir aliviar o sofrimento de uma vida,
Ou amenizar uma dor,
Ou ajudar um tordo fraco
A voltar ao ninho,
Não terei vivido em vão.

Mas tinha vivido, não tinha? Ela havia vivido em vão.

* * *

O segundo semestre do segundo ano tinha acabado de começar. Todos os times de inverno começavam a se preparar para os campeonatos estaduais, e os atletas da primavera entravam em forma para suas temporadas. Julia tinha uma consulta no dentista naquele dia e, quando Liz terminou a musculação, Kennie ainda estava no ensaio de dança. Liz ficou sozinha no saguão do ginásio, olhando suas mensagens, tentando ignorar os gritos ecoantes do time de basquete que terminava o treino.

Quando ergueu o rosto outra vez, metade dos garotos tinha ido embora, e a outra metade estava amontoada no canto, rindo.

Liz escutou a palavra *gay* e foi até eles. Quando chegou perto, percebeu que a massa sólida de garotos não era, na verdade, uma massa sólida, e sim vários idiotas suados, altos e risonhos em volta de Veronica Strauss.

Liz ouviu passos atrás dela e se virou, vendo Kennie descer as escadas com seus sapatos de jazz em uma das mãos. Ela cantava em uma voz alegre e desafinada, sorrindo para Liz enquanto saltitava pelo saguão para se juntar a ela. Parou abruptamente quando viu os garotos do basquete.

— Oi — disse. Kennie tinha o hábito de esticar seus *ois* de um jeito irritante ao qual Liz tivera de se adaptar para não enlouquecer, mas dessa vez o cumprimento foi mais baixo e confuso. Ela também tinha visto Veronica Strauss por trás dos shorts de basquete de poliéster.

Liz olhou em volta, procurando o treinador. Ele estava limpando o apito na camisa, de costas para o time. Liz tinha quase certeza de que não era surdo, mas estava fingindo muito bem.

Foi quando os garotos começaram a tocar Veronica que Liz finalmente pensou *não*.

— Qual é — dizia Zack Hayes. Seu braço direito estava apoiado na parede acima da cabeça de Veronica e seu rosto estava a centímetros do dela. Ela se encolhia, fosse por causa do hálito dele, da falta de desodorante ou de medo; Liz suspeitou que fosse uma combinação dos três. — Gata, você não pode saber o que quer se não experimentou, não é? Como você sabe que não gosta de pau, hein? — Ele se aproximou e colocou a outra mão no cóccix dela. — Quer dizer, se um dia você quiser experimentar... é só pedir.

Os jogadores de basquete estavam às gargalhadas, mas Liz, sinceramente, não entendia qual era a graça. Ela não ia à igreja desde a morte do pai, mas se lembrava muito bem de um professor de catecismo gentil e grisalho dizendo que todo mundo era diferente e que ela deveria fazer o máximo para amar a todos.

Ela tinha fracassado, claro.

Os garotos haviam começado a notar a presença de Liz e se afastaram o suficiente para deixá-la passar. Ela acotovelou a barriga de vários e não pediu desculpas.

— Zack — disse ela. — Tira esse cecê horrendo da cara dela.

Zack se sobressaltou, virou-se e relaxou novamente quando a viu.

— Oi, Liz — disse ele calmamente. — E aí?

— Que droga é essa? — indagou Liz.

— Ah — sorriu Zack. — Só estamos tentando, sabe, convencer a Veronica. Quer dizer, você é gata e tal — acrescentou ele, olhando para Veronica. — Tenho certeza de que um monte de caras transaria com você se você deixasse.

— Zack — disse Liz. — Deixa de ser idiota.

— O que foi? — Zack se afastou de Veronica e se voltou para Liz. — Qual é, Liz. Você sabe que não é natural. Quer dizer, ela só deve estar confusa. Tipo, se...

— Um estupro não vai convencê-la — retrucou Liz.

Zack parou de repente, e o restante do time se calou. Liz o encarou, desafiando-o a dizer alguma coisa. Era a primeira vez que ela dizia algo sobre a festa, aquela festa, e parte dela queria que ele mordesse a isca. Ela queria socá-lo. Sabia com quantas garotas Zack tinha transado e sabia quantas delas não o tinham feito voluntariamente.

Ele sabia. Os amigos dele sabiam. O time de basquete, se não sabia antes, agora sabia.

Mas Zack se limitou a abrir um sorriso malicioso.

— O que foi, Liz? O Jake não está satisfazendo você? Quer dizer, se estiver em dúvida, eu posso, sabe, reorientá-la...

— Vá se foder — cuspiu Liz. — Por que você se acha no direito de dizer a ela quem ela pode amar? Isso é da sua conta?

— Relaxa, Liz — disse Zack. Seu lábio estava curvado em um sorrisinho, e não era uma expressão atraente. — Olha, só estou tentando fazer a coisa certa. Deus odeia gays, não é?

— Acho que Deus não odeia ninguém — disse Kennie bem baixo atrás deles.

Houve um curto silêncio, e até aquele momento Liz era bastante neutra na coisa da homossexualidade. Mas, enquanto olhava para Veronica parada no canto com o cabelo sobre os olhos, cercada por metade do time de basquete, percebeu que, embora não soubesse o que era certo, sabia que o que Zack estava fazendo era errado.

— Vamos, *idiotas* — disse Zack com um sorriso malicioso, e lentamente os garotos o seguiram, ainda que tenham lançado vários olhares maldosos a Liz, murmurado e rido enquanto se afastavam.

Kennie perguntou a Veronica se ela estava bem, mas de um jeito distante, porque elas eram de castas sociais diferentes e aquela conversa quebrava várias regras. Liz se voltou para a porta e Kennie a seguiu após um instante. As duas nunca mais falaram sobre o assunto.

No dia seguinte, Liz estava sentada durante o almoço quando alguém fez uma piada homofóbica e ela a finalizou: "Porque Deus odeia gays." Todos riram. Ela não encarou Kennie e, quando a risada morreu e a conversa mudou de rumo, Liz olhou para a mesa ao lado, onde Zack estava sentado com seu grupo de amigos.

Eu não sou nem um pouco melhor, sou?

CAPÍTULO CINQUENTA E CINCO
O que Liz também não sabia

Liam vira tudo.

Ele tinha voltado para a escola porque esquecera seu telefone no armário e, ao passar pelo saguão do ginásio, vira Liz Emerson confrontando Zack Hayes, uma imagem imensamente satisfatória.

Ocorreu a ele que talvez Liz tivesse tantos pensamentos por minuto quanto ele, sentisse a mesma quantidade de emoções, inalasse e exalasse da mesma forma que ele. E foi então que começou a se apaixonar por ela pela segunda vez, pela mesma razão que tinha retomado a flauta: porque acreditava em coisas quebradas.

E eu sei que não é culpa dele, na verdade, mas queria que ele tivesse contado a ela. Queria que ele tivesse contado a ela.

CAPÍTULO CINQUENTA E SEIS
O primeiro visitante

Liz está sendo transferida da UTI para um quarto particular. Monica chora quando ouve a notícia. Julia limpa o nariz discretamente. Kennie abre um berreiro. Liam entreouve e fecha os olhos, agradecendo em silêncio qualquer coisa que venha a ouvir o agradecimento.

Um visitante de cada vez, dizem. Mas o fato de que eles têm permissão para sequer visitá-la é uma evolução tão grande que é inevitável criar esperanças.

O quarto é frio, escuro e hostil, e Liz está horrível. Quando Monica a vê, sente uma mistura tão estranha de alegria e tristeza que sua respiração fica pesada e ela quase não consegue entrar, mas entra. Vai até a cama de Liz, olha para a filha e se pergunta o que o marido diria se estivesse vivo.

— Elizabeth Michelle Emerson — sussurra ela, tirando o cabelo de Liz do rosto.

Ela se lembra de que estava apenas dois andares acima dali, segurando Liz quando ela era apenas um pacotinho rosado em seus braços. Ela se lembra de trocar Liz de um braço para o outro para que ela e o marido pudessem assinar a certidão de nascimento com o nome que tinha escolhido com tanto cuidado.

Em meio às lágrimas, ela diz suavemente:

— Por favor, não me faça escrevê-lo em uma lápide.

Eu flutuo pelos cantos do quarto e repito:

Por favor.

Por favor.

Por favor.

INSTANTÂNEO: FUNERAL

Seu cabelo cai em cachos úmidos na nuca. Suas mãos estão sujas de terra. A lama passa por entre seus dedos do pé quando ela anda.

Ficamos muito solenes enquanto Liz enterra a minhoca encontrada morta na entrada da garagem.

Ela se ajoelha na grama encharcada de chuva e coloca a minhoca na terra. Seu nariz escorre, e eu a abraço com força.

Ela não tolera prender vagalumes em um pote. Odeia zoológicos. Não deixa o pai lhe ensinar as constelações porque não quer aprisionar as estrelas. Ela vive em um mundo feito inteiramente de céu.

É inconcebível o fato de que um dia seu mundo se tornará tão sombrio e distante que, quando olhar para cima, ela não conseguirá encontrá-lo.

CAPÍTULO CINQUENTA E SETE
O último dia da infância de Liz Emerson

No dia em que o pai de Liz tentou consertar o telhado, mas morreu antes de conseguir, Liz e eu nos desenhamos com giz no piso do telhado. Naquele dia, seu cabelo estava enfiado em um gorro de lã azul e eu usava o vestido que Monica não quisera deixar que ela comprasse. Acima de nós, o céu estava muito azul, e, depois de um tempo, percebemos que o dia estava perfeito demais para que o desperdiçássemos desenhando. Liz recolocou o giz na caixa e começamos a brincar de pique-pega.

Nossas risadas flutuaram para o céu. Éramos felizes, e o mundo era grande.

– Cuidado – disse o pai de Liz.

Tentamos, tentamos de verdade. Mas o vento nos pedia para dançar. A neve solta pegava nossas mãos e nos girava. O frio nos cercava, mas o sol também, e era irresistível. Aquilo nos deixou irresponsáveis e invencíveis, e depois de um minuto esquecemos. Liz me perseguiu e eu corri um pouco perto demais da borda.

Oscilei.

Ela gritou.

O pai de Liz se virou rápido demais e perdeu o equilíbrio.

E Liz gritou mais ainda.

Uma vizinha veio investigar. Ela chamou a polícia e tirou Liz do telhado. Mais tarde, houve um funeral e uma família sem pai, e tiveram que arrancar Liz do caixão, dedo a dedo.

Ela nunca mais deixou de se culpar.

CAPÍTULO CINQUENTA E OITO
Chupões e olhos roxos

Jake Derrick finalmente chega à sala de espera.
Ele vai até onde Kennie e Julia estão sentadas e diz:
– Oi.
Kennie o ignora completamente.
Julia ergue o rosto. Ela se levanta devagar e fala:
– Jake.
– Como ela está? – pergunta ele.
Julia examina o chupão em seu pescoço.
– Onde você estava?
Ele passa a mão pelo cabelo. Está com tanto gel que o barulho é ouvido na sala inteira. A turma do penúltimo ano parou o jogo de cartas para ouvir.

— Eu só soube há uma hora — alega ele.

— Você estava na escola hoje — diz Julia em um tom monótono. — A notícia estava no Facebook inteiro ontem à noite. É impossível que você *não* soubesse.

— Ah, qual é — retruca ele, cada vez mais na defensiva e, consequentemente, mais desagradável. — Você sabe que eu estava no treino de basquete ontem à noite. E não checo meu Facebook a cada cinco minutos, como certas pessoas.

Os olhos de Julia se estreitam. Por um instante, a expressão dela fica tão semelhante a uma que Liz faz com frequência que Jake se irrita.

— Belo chupão — diz Julia. — Quem foi?

— Eu não...

— Sua namorada está *morrendo*, porra — diz Julia.

Isso o cala, porque Julia nunca diz palavrões.

Jake se deixa cair em uma cadeira e esfrega o rosto. Ele está com uma aparência cansada, assustada, e eu sei que ele se importa. Mas, assim como Julia e Kennie, eu o odeio porque ele nunca, nunca se importou o bastante.

— Eu não sabia o que fazer — diz ele em um tom vazio. — Soube que ela estava no hospital e... nossa, Julia. A gente brigou no domingo, ok? Eu tentei me desculpar e ela me mandou embora. Você imagina como tenho me sentido culpado? Meu Deus, você não acha que eu me arrependo de todas as coisas que disse para ela?

Julia o encara por um instante. Depois, sem aviso, dá um soco tão forte no rosto de Jake que a cadeira dele cai para trás.

E, enquanto ele está encolhido no chão, chocado e estremecendo, com as mãos sobre o olho, Julia diz em uma voz dura:

— Isto não tem nada a ver com você.

CAPÍTULO CINQUENTA E NOVE
O segundo visitante

Em meio à comoção, ninguém percebe que Liam se levanta, enfia as mãos nos bolsos e vai atrás de Monica.

Ele chega bem na hora em que ela está saindo do quarto de Liz.

— Ah — diz ela, enxugando os olhos às pressas. — Oi. Você... você é...

— Posso vê-la? — pergunta ele em voz baixa.

Ela hesita, o avalia como nunca avaliou nenhum dos namorados de Liz e assente de leve.

Liam precisa fechar os olhos por um instante, porque ela se parece muito, mas muito com Liz.

Então estende a mão para a porta, curvando os dedos sobre a maçaneta, inspira e entra.

Ele deixa a porta aberta e sente que Monica está fora de vista, mas por perto, dando-lhe uma privacidade pela qual ele nem tem palavras para agradecer. Ele não quer ficar completamente sozinho com Liz Emerson, mas quer vê-la. Quer vê-la.

Liam se senta na cadeira e olha para ela. Com cuidado. Segue os tubos que entram por seu nariz e estão presos na parte interna de seus pulsos. Observa o subir e descer infinitesimal de seu peito. Vê o azul fraco de suas veias sob a pele acinzentada.

Diz duas palavras.

— Por quê?

É algo que queria perguntar a ela havia tanto tempo que ouvir isso em voz alta é estranhamente surreal. Ele queria perguntar no final do quinto ano. *Por que você não reparou em mim?* Queria perguntar durante o primeiro ano do ensino médio. *Por que você fez isso?* Queria perguntar quando a viu olhando para o céu. *Por que tem medo de ser você mesma?* Queria perguntar naquele dia no saguão do ginásio. *Por que você quer ser indestrutível?* Queria perguntar depois da festa. *Por que você não se lembra?*

Ele nunca perguntou porque não achava que ela responderia.

Ela não responde.

– Liz – diz ele, e essa é outra coisa que sempre teve vontade de dizer, o nome dela. Apenas o nome dela. – Liz, eu nunca achei que você seria a primeira a desistir.

Ele segura as barras de metal na lateral da cama até seus dedos ficarem quase tão brancos quanto o rosto dela.

– Liz – chama. Ele fecha os olhos e encosta a testa na barra. – Por favor – sussurra. – Lembre-se do céu.

Ela não responde, e depois de mais um minuto ele vai embora.

CAPÍTULO SESSENTA
Dois dias antes de Liz Emerson bater com o carro

— *S*rta. Emerson – chamou com severidade a Sra. Greenberg. – Por que você não está fazendo o trabalho?

– Esqueci minha calculadora – disse Liz.

Foi uma combinação de seu tom de voz indiferente e o dever de casa incompleto e o fato de que ela tinha esquecido a calculadora todos os dias da semana anterior que levou ao sermão de dez minutos da Sra. Greenberg sobre a irresponsabilidade da juventude de hoje. A conclusão: Liz foi mandada a seu armário para pegar a calculadora.

Mas o armário de Liz ficava no segundo andar e do outro lado da escola, e ela estava com preguiça demais de andar até lá. Como o armário de Julia era convenientemente localizado no final do corredor, Liz decidiu pegar a calculadora da amiga emprestada.

Mas, ao abrir o cadeado, não foi a calculadora que chamou sua atenção.

Havia um Ziplock saindo da mochila de Julia. Liz disse um palavrão e o pegou, olhando em volta para se certificar de que estava sozinha. Ela o enfiou na bolsa, bateu a porta do armário de Julia e voltou para a sala.

Nem percebeu que tinha esquecido a calculadora até a Sra. Greenberg perguntar onde estava.

— Não consegui encontrar — disparou Liz, e a Sra. Greenberg a colocou em detenção na tarde de sexta-feira por "desconsideração ostensiva pelas ferramentas da matemática".

Liz jogou o papel da detenção fora assim que saiu da aula de pré-calculo, porque não pretendia estar viva na tarde de sexta-feira.

Voltou direto para o armário de Julia. Conforme se aproximava, viu a amiga revirando-o freneticamente.

— Oi — disse Liz. — Aqui.

Julia agarrou o saco, observando os arredores para ter certeza de que a troca passara despercebida.

— Por que você...

— Eu vim pegar a sua calculadora emprestada — disse Liz. — E encontrei *isso*. Você é *idiota*? Nossa. Os cachorros farejadores de drogas poderiam ter vindo hoje. Qualquer professor poderia ter aberto o seu armário e encontrado...

— Como o meu armário estava *trancado*, não acho que isso teria sido um problema — disse Julia. — Devolva a minha calculadora.

— Eu não peguei — disparou Liz. — Que droga, Julia. Por que você está com isso aqui? Você *sabe* que não pode simplesmente...

— Eu fiquei sem, ok? — disse Julia em voz baixa. — Eu falei com o Joshua Willis e ele me arranjou um pouco. Não é nada de mais.

— Não é... *o caralho que não é nada de mais*. Você contou para o Joshua Willis? O Joshua Willis *sabe*?

— Eu falei que estava comprando para um amigo, ok? Relaxa. Ele nunca acharia que era para mim. — Mas as palavras tremeram ao sair; o corpo inteiro de Julia tremeu, e, embora ela parecesse estar prestes a chorar, sua voz estava furiosa. — Preciso ir para a aula — disse Julia, já que Liz estava sem palavras.

Liz observou-a se afastar com o coração acelerado. Nossa, se Julia fosse pega. Ela não sabia o que Julia faria. Não sabia o que *ela própria* faria.

Foi para a aula de química, mas não conseguiu se concentrar. O professor falou de estequiometria, e, no final da aula, Liz continuava sem saber o que era estequiometria. Ela foi às pressas até o armário de Julia e encontrou a amiga indo embora. Quando Liz a chamou, Julia se enrijeceu.

— Vamos nos atrasar — disse Julia.

— Julia, por favor, diga que você devolveu para o Joshua — pediu Liz.

Julia não disse nada.

— Devolva — disse Liz.

— Não me diga o que fazer.

— Por favor — pediu Liz. — Por favor, Julia.

— Liz — disse Julia, e sua voz falhou. — Não posso.

— Jules...

Mas Julia já tinha sumido em meio à multidão agitada de alunos. Liz se encostou aos armários e sentiu um medo súbito, porque estava perdendo a amiga. E, apesar do fato de que perderia todo mundo em dois dias, ela queria que Julia ficasse bem. Julia estava começando a rachar, e Liz só queria impedir que ela desmoronasse, porque em seu coração Liz Emerson sabia que tinha causado as primeiras rachaduras.

Tentou falar com Julia depois da aula de política. Não conseguiu, então procurou-a pelos corredores, mas Julia a evitou habilmente. Como elas não teriam o mesmo horário de almoço, Liz tentou esquecer aquilo e ouvir a conversa de Kennie, mas tudo a sua volta era névoa e ruído branco.

Finalmente o último sinal tocou, e Liz alcançou Julia quando ela estava saindo da escola. Por alguns segundos, as duas andaram em silêncio; depois Julia abriu as portas da escola e uma rajada de ar gelado bateu no rosto de Liz, arrancando as palavras de sua boca, palavras que ela tinha reprimido desde o primeiro momento em que percebera que Julia estava viciada.

— Julia, você precisa buscar ajuda.

Julia se virou.

— Cale a boca — disse, afastando-se.

Liz acompanhou o passo dela, fincando os dentes no lábio inferior enquanto tentava encontrar a coisa certa a dizer.

— Julia, por favor. Vá a um médico ou algo assim. A gente pode manter a reabilitação em segredo. Por favor. Nossa, Jules, você vai arruinar a sua vida se isso continuar...

— Eu? — A voz de Julia foi tão dura que fez Liz parar de repente. — Eu não arruinei minha vida, Liz. Foi você.

Liz ficou parada por um bom tempo, presa entre aquelas palavrinhas e a verdade que continham.

Desculpe.

Aquela era a coisa certa a dizer. Ela simplesmente não conseguira dizê-la.

Liz se encostou à parede da escola e apoiou a testa nos tijolos frios, a superfície áspera em sua pele. Quando ela fechou os olhos, as lágrimas congelaram em seus cílios.

Julia estava certa.

Liz não destruía só as pessoas de quem não gostava. Não eram apenas os nerds, os gays, as piranhas, os geeks da banda, as líderes de torcida ridículas, os membros da equipe de xadrez, os membros do Clube Budista, os quietinhos ou os barulhentos. Ela destruía todo mundo. Até as pessoas mais próximas a ela. Sobretudo as pessoas mais próximas a ela.

E, embora Julia tenha mandado uma mensagem de texto naquela noite, desculpando-se, dizendo que não tinha falado sério, que só estava na TPM, mesmo quando Julia deixou claro que estava disposta a esquecer, não havia como voltar atrás.

Algumas pessoas morriam porque o mundo não as merecia.

Liz Emerson, por outro lado, não merecia o mundo.

CAPÍTULO SESSENTA E UM
Mundo de idiotas

— Ai, meu Deus — diz Kennie em uma voz chorosa e instável. — Você bateu nele.

— Acho que eu deveria ter mirado mais baixo — comenta Julia.

Kennie funga.

— Eu também queria bater nele — fala, começando a chorar outra vez.

Julia suspira e a abraça.

— O que foi agora?

— Ela vai me matar — diz Kennie em um uivo abafado.

— Por quê? — pergunta Julia. Porque, sinceramente, podia haver vários motivos. Toda aquela choradeira, por exemplo. Liz odeia choro.

— Porque — soluça Kennie — eu não filmei.

Julia a encara.

De repente, ambas começam a rir, e é um alívio. Elas riem tanto quanto choram, e todo mundo olha, e pela primeira vez nenhuma das duas se importa. E há tantas coisas de que rir, elas fizeram tantas coisas idiotas. São um grupo de idiotas em um mundo de idiotas, e Liz é a mais idiota de todas.

Finalmente, quando se acalmam e enxugam as lágrimas de riso assim como as de tristeza, Kennie se levanta, oscilante.

— Aonde você vai? — pergunta Julia.

— Tirar uma foto.

CAPÍTULO SESSENTA E DOIS
O terceiro visitante

Julia também se levanta. Monica está de guarda na porta do quarto de Liz, mas dá um abraço e um sorriso trêmulo para Julia e se afasta. Julia entra. Uma enfermeira de bata hospitalar com dinossauros cor-de-rosa ajusta um dos tubos de Liz.

– Como ela está? – pergunta Julia.

A enfermeira se vira e sorri para ela, e Julia vê em seus olhos que ela está pensando em mentir. Mas, por fim, a enfermeira diz:

– Querida, ela está destruída. Mas está aguentando.

Julia não consegue evitar. Começa a chorar. Esfrega os olhos furiosamente porque todo mundo está chorando e, para ser sincera, ela não aguenta mais. Entende por que Liz odeia tanto o choro.

A enfermeira dá um sorriso triste e sai, e Julia se senta na cadeira que Liam liberou momentos antes. Encosta em uma das mãos de Liz, que está tão fria que um tremor percorre seu corpo. Liz sempre teve mãos frias. Circulação ruim. Julia segura os dedos da amiga, tomando o cuidado de evitar as agulhas e os tubos, e tenta esfregá-los para esquentá-los um pouco.

Mas as mãos de Julia também estão frias, e ela observa o rosto quieto de Liz. Houve muitos dias em que Liz estava estranha e inexplicavelmente quieta, mas não assim. Houve muitas festas nas quais ela encontrou Liz chorando, mas elas nunca conversaram sobre o motivo. Por trás de toda a impetuosidade, a raiva e a insanidade, Liz era uma garota silenciosa, e Julia sempre a deixava guardar seus segredos.

Agora Julia se pergunta quantos segredos Liz tinha.

Julia não bebeu naquela primeira festa.

Não gostava do cheiro da cerveja e já estava embriagada pelo fato de elas estarem ali. Kennie estava curiosa, mas não a ponto de experimentar.

Liz, por outro lado, comemorou esquecendo tudo o que tinha aprendido na aula de saúde. Tomou três copos de cerveja e ficou completamente bêbada.

Perto da uma da manhã, quando o irmão de Kennie chegou para buscá-las, depois de receber cinquenta dólares para não deixar os pais de todas elas saberem onde estavam, Julia percebeu que Liz tinha sumido.

Ela a encontrou no andar de cima, na cama com Zack Hayes, que tentava tirar a camisa de Liz.

Liz tentava dizer não, mas estava bêbada demais para conseguir falar.

Zack pulou da cama quando Julia entrou, e Julia, depois de superar o choque inicial, concluiu que a melhor coisa a fazer era tirar Liz dali. Ela arrastou a amiga escada abaixo e encontrou Kennie contra a parede, agarrada com um veterano cujas mãos já estavam nos botões de sua blusa. Julia também a pegou e puxou as duas para a noite.

Alguma coisa mudou naquela noite. Liz ficou diferente depois daquilo.

Naquela noite, o respeito de Liz por si mesma começou a se desgastar, e depois ela o deixou desmoronar, pedaço por pedaço.

Acho que Julia está começando a perceber isso. Ela se lembra do que o médico disse a Monica no dia anterior, do que Monica lhe disse, do que ela disse a Kennie e do que Kennie disse a todos os outros: que Liz só sobreviveria se estivesse determinada.

A enfermeira a acompanha até a sala de espera. Ela tinha entrado às pressas no quarto de Liz depois de ouvir um estrondo, e encontrou Julia ao lado de uma cadeira virada, tremendo.

Julia não oferece resistência. É silenciada pelo medo esmagador de que Liz Emerson, sua melhor amiga e a pessoa mais obstinada que conhece, não queira mais lutar.

CAPÍTULO SESSENTA E TRÊS
A ala da maternidade

*K*ennie perambula pelo hospital até encontrar Jake buscando conforto em uma enfermeira jovem, bonita e simpática demais. Ela ouve um pouco do que ele está dizendo enquanto se aproxima, "algo real", "apaixonado" e "perdido sem ela". Pensa em bater nele de novo, ou talvez chutá-lo dessa vez, mas acaba desistindo. Tira uma foto de seu olho, que está cada vez mais roxo, mostra o dedo para ele e vai para a sala de espera.

Infelizmente, o senso de direção de Kennie é quase inexistente, e em um minuto ela está perdida.

Vê um elevador e vai até ele. Começa a apertar botões, concluindo que um deles a levará de volta ao pronto-

-socorro. Nenhum deles leva. Ela passa pela ala pediátrica, pela ala oncológica.

Então se vê na ala da maternidade.

Sai do elevador. Ouve o choro fraco e agudo dos bebês, e suas mãos vão automaticamente para sua barriga. A barriga chapada faz sua garganta se fechar, e tudo o que ela quer é se sentar e se encolher em torno do bebê que não está mais dentro dela.

No dia do baile de boas-vindas do penúltimo ano, a umidade estava em cem por cento.

Liz não se deu ao trabalho de tentar enrolar o cabelo. Julia a ajudou a prendê-lo no alto da cabeça enquanto Kennie lutava com o babyliss e o laquê. Quando estavam enfim vestidas e prontas, as três foram para a praia tirar fotos.

Jake estava bêbado quando apareceu, e as fotos mostravam isso. Liz disse a ele para não dirigir e ele lhe disse para relaxar, e depois para ir se foder, e àquela altura ela estava irritada o suficiente para deixá-lo ir.

Mas ele chegou inteiro, e os dois dançaram umas duas músicas antes de Jake desaparecer. Liz pegou outro garoto e se perguntou por que estava surpresa. Uma caça ao tesouro, um *sim*... ela realmente esperava que Jake mudasse? As pessoas nunca mudavam.

Ela foi pegar uma bebida e ficou parada na porta do ginásio por um instante, observando. Fazia calor ali, e tinha o mesmo cheiro do vestiário masculino. O chão estava úmido de suor, e quando ela finalmente voltou para dentro e pegou a mão de Thomas Bane, a camisa dele estava tão molhada que se grudava ao corpo.

Ela não se importou. Dançou, dançou e fechou os olhos, e, quando o DJ anunciou que o baile tinha acabado e as luzes se acenderam, ela pegou Julia e Kennie para saírem para se divertir.

Mas acabaram não indo a lugar algum.

O que fizeram foi se sentar no estacionamento da escola dentro da Mercedes de Liz e listar as coisas que sabiam.

Primeiro, que Kyle Jordan terminaria com Kennie se descobrisse. Algumas faculdades o consideravam para bolsas de estudos de tênis e ele nunca arriscaria isso, e além do mais ele era um idiota. Elas não iam contar para Kyle, porque ele teria dado um pé na bunda de Kennie por muito menos.

Segundo, elas iam manter aquilo em segredo. Ninguém além de Kennie, Liz e Julia jamais saberia. Liz arranjaria para Kennie qualquer coisa que ela precisasse. Kennie nunca, jamais deveria contar aos pais. Eles a matariam. Literalmente parariam de falar com ela.

Terceiro, Kennie se livraria do bebê.

— Espere aí — interrompeu Kennie. — O quê?

— Kennie — disse Liz, olhando para o estacionamento escuro. — Você não pode ter o bebê. Você sabe disso.

Kennie se encolheu, abraçando a cintura, com a cabeça nos joelhos.

— Liz — disse ela, tentando impedir a voz de tremer.

Liz a ignorou.

— Vamos marcar uma consulta para você o mais rápido possível. Antes que seja tarde demais. Há quanto tempo você sabe?

— Liz.

— *Droga*, Kennie. Meu Deus, se as camisinhas tinham acabado, por que você não saiu para comprar mais? Você mora pertinho do posto de gasolina. Ia ter levado dois segundos. Que merda. Você podia ter pedido a uma de nós duas. Nossa, Kennie. Eu tenho camisinhas na droga da minha bolsa. Meu deus. Que se dane. Não importa. Vamos nos livrar dele.

CAPÍTULO SESSENTA E QUATRO
Quatorze minutos antes de Liz
Emerson bater com o carro

Liz voltou à interestadual após seu único desvio. Enxugou os olhos e pensou na Terceira Lei de Newton. Reações iguais e opostas. Essa tinha sido a mais difícil para ela. Objetos em movimento, objetos em repouso, força, massa e aceleração: ela conseguira entender essa parte, quase toda. Mas para a Terceira Lei de Newton, a lei da ação e reação, o Sr. Eliezer colocou links e vídeos em seu site e disse aos alunos para ir fundo. Aquilo deveria lhes ensinar pensamento crítico, habilidades do século XXI, gerenciamento de tempo e outras bobagens inúteis.

Naturalmente, a maior parte dos alunos se sentou sobre os balcões e jogou elásticos uns nos outros.

Liz gostava de estar no controle, e tinha as habilidades de liderança (manipulação) necessárias, mas também era meio preguiçosa. Nunca fazia hoje o que podia fazer amanhã, e sempre acreditava em si mesma quando usava *um dia* como desculpa. Isso levava a inevitáveis sessões de estudo até de madrugada, o que era exatamente o que ela fazia na noite anterior ao teste sobre a Terceira Lei de Newton. Infelizmente, o Sr. Eliezer decidiu surpreendê-los com uma prova discursiva em vez de múltipla escolha.

A conclusão de Liz dizia: NEWTON ERA UM HOMEM ESPETACULAR E, SR. ELIEZER, EU AGRADECERIA IMENSAMENTE POR UM D NESTA PROVA.

Ele deu a ela um D- e uma advertência para estudar para as provas, porque, na época, ela tinha toda a intenção de fazê-lo, um dia. Mas logo depois as coisas começaram a piorar rápido, e Liz desistiu. A semana anterior à das provas era sua última semana de vida; ela sabia exatamente em que dia ia sair da cama e nunca mais voltar, e sua promessa de estudar Newton, o virgem, parecia mais distante do que um sonho.

Ela sabia que era idiotice tentar entender aquilo naquele momento, já que havia um número infinito de coisas que nunca entenderia, então por que a Terceira Lei de Newton deveria importar mais do que qualquer outra coisa? Ela, Liz Emerson, ia deixar de existir em poucos minutos, e tudo o que sabia ia desaparecer. O que ela entendia ou deixava de entender não tinha a mínima importância.

Liz começou a pensar em todas as coisas que tinha feito, todas as coisas horríveis que havia iniciado, e se perguntou por que nenhuma delas parecia ter tido reações iguais e opostas. Pensou no vício de Julia e no bebê de Kennie, na tristeza de Liam e em todas aquelas outras pessoas que tinha despedaçado, e pensou que nunca fora pega. Nunca. Nunca fora punida por nada daquilo. Nunca tinha levado uma suspensão, sido expulsa ou deportada, embora provavelmente merecesse tudo aquilo.

Liz Emerson tinha causado muita tristeza em sua vida curta e catastrófica, e ninguém nunca fizera nada a respeito.

Ela não percebia que a reação igual e oposta era a seguinte: todas as coisas terríveis, cruéis e escrotas que Liz já fizera tinham voltado para ela.

CAPÍTULO SESSENTA E CINCO
Todas essas coisas impossíveis

Kennie sempre gostara de ser uma seguidora, o que era bom, porque ela sempre fora uma seguidora. Tinha se acostumado tanto a seguir que, quando o assunto do aborto surgiu, quase concordou sem pensar no que *ela* queria.

Havia, é claro, o fato de que Liz estava certa. Nossa, seus pais a deserdariam. Ela nunca iria para a faculdade. Meridian inteira, metade da qual frequentava sua igreja e pensaria nela durante todos os sermões sobre fornicação, a olharia feio pelo resto de sua vida infeliz, sem formação universitária, sem teto, sem pai e com certeza horrível.

Depois que Liz a deixou em casa, Kennie entrou, chorou tanto que vomitou e, de alguma maneira, se obrigou a acreditar que aquilo era enjoo matinal, por mais que estivesse com apenas seis semanas. Tomou um banho e de repente tudo se tornou muito real para ela, aquela gravidez. Quando o sinal roxo de positivo aparecera no teste pela primeira vez, seu coração afundara no peito, mas ela tinha dito a si mesma que era um erro e ignorou o fato. Quando sua menstruação não viera, ela finalmente contara a Liz e a Julia, e agora, Kennie colocava as mãos na barriga e acreditava pela primeira vez que podia haver uma pessoa dentro dela.

Então, em algum momento entre passar o shampoo e o condicionador, ela parou de ser idiota e começou a se apaixonar.

Era meio que maravilhoso existir algo dentro dela, vivo, inspirando e expirando (metaforicamente, claro) e crescendo a cada instante. De repente, a vida se tornou muito preciosa para ela. Ela nunca a tinha valorizado tanto quanto naquele momento.

Queria ter o bebê.

Kennie sempre adorara bebês.

Nunca tinha tomado conta de nada. Seus pais eram a definição de superprotetores, e o irmão dela interferia no que os dois não interferiam. Kennie tinha crescido tão segura, protegida e mimada que aprendera pouco durante a vida, com exceção de mentir, uma habilidade necessária se ela quisesse ter o mínimo de privacidade. Em seu coração, Kennie era mais nova do que Liz e Julia, e não gostava disso.

Naquela noite, no chuveiro, chorou como nunca tinha chorado. Chorou até a água se tornar chuva gelada ao seu redor, porque ela queria coisas impossíveis.

Depois que sua mãe esmurrou a porta do banheiro, querendo saber por que ela estava demorando tanto, Kennie saiu, se vestiu e passou a noite em claro.

Ficou sentada no escuro e tentou organizar suas opções. Colocou as mãos na barriga, abraçando a vida que crescia dentro dela, e tentou encontrar um caminho amplo o bastante para os dois.

Ela tinha 639,34 dólares na poupança por causa de seu emprego de verão no McNojos. O dinheiro podia cobrir um mês em um daqueles apartamentos nojentos perto da autoestrada. Claro, seus pais tinham o controle de sua conta bancária e provavelmente vetariam seu acesso.

Ela podia ligar para o irmão, mas ele estava do outro lado do país, e era improvável que a ajudasse. Imagine quantos bebês as namoradas *dele* já tinham abortado. Ele ficaria do lado dos pais.

Talvez ela pudesse ficar com Liz ou Julia. Mas mesmo assim estaria em Meridian e mesmo assim as pessoas descobririam. Claro, ela nem precisaria ficar com Liz ou Julia a não ser que seus pais a expulsassem, e seus pais não a expulsariam a não ser que soubessem que ela estava grávida. Se descobrissem, contariam para a cidade inteira de um jeito ou de outro. Seus pensamentos andavam em círculos.

Lá pelas três da manhã, suas lágrimas acabaram e ela decidiu parar de pensar no que fazer.

Então começou a pensar no bebê.

Meu bebê, pensou.

Ela não ligava para o sexo. Uma hora depois, tinha escolhido nomes de meninos e meninas, nomes perfeitos. Queria comprar roupas de bebê. Queria uma cadeirinha para o carro. Queria um futuro que pudesse construir sozinha.

Mas, quando se enrolou debaixo das cobertas e ouviu sua respiração bater nos cobertores, começou a chorar de novo porque sabia que nunca conseguiria fazer aquilo.

Não podia.

CAPÍTULO SESSENTA E SEIS
Treze minutos antes de Liz Emerson bater com o carro

Liz se atrapalhou para tirar o telefone do bolso de trás. O carro oscilou um pouco, e sua respiração falhou. Algo estranho surgiu em seu peito; ela não sabia se era medo ou ansiedade, mas depois o sentimento se esvaiu e ela voltou a ficar oca.

Ela destravou o telefone e abriu o Facebook. Passou por suas fotos até encontrar a que procurava. Era o verão anterior ao oitavo ano, e elas três estavam paradas diante do parque de diversões. Julia usava óculos escuros que tinha acabado de comprar do vendedor atrás delas, e Kennie segurava um prato de picles empanados.

Tinha sido a última vez que haviam estado no parque de diversões, embora Kennie falasse frequentemente dos picles em uma indireta não muito sutil. Os jogos e os brinquedos a céu aberto do parque de diversões não exerciam mais nenhuma atração sobre elas.

Na foto, Julia ainda era linda, radiante e totalmente viva. E sóbria, sem o veneno vazando pelas bordas. E Kennie. Ela estava rindo, claro, rindo como ria antes, tão alto que um eco alcançou Liz através de todos os anos, segredos e erros. Nossa, quanto tempo fazia que ela não ouvia Kennie rir daquele jeito?

Era uma foto do *antes*, e partia o coração de Liz.

Ela olhou para o telefone. Queria voltar. Queria ser uma menina de novo, a que achava que ficar alta significava ser empurrada no balanço e que dor era cair da bicicleta.

Eu quero voltar.

Eu também queria que ela voltasse.

CAPÍTULO SESSENTA E SETE
A clínica de aborto

Silêncio na Mercedes.

E então...

— Quer que eu vá com você? — perguntou Liz.

Kennie mordeu o lábio. Seus olhos estavam fechados, mas Liz via seus cílios cintilando por causa das lágrimas que ela tentava conter com todas as forças. Kennie não estava usando nenhuma maquiagem. Liz não se lembrava da última vez em que a vira sem maquiagem.

Liz não aguentava aquilo. Inclinou-se e a abraçou com força, tentando engolir o caroço em sua garganta.

— Ei — disse, mas sua voz era uma súplica. — Vai ficar tudo bem. Ok?

Kennie assentiu contra o ombro dela, mas não falou nada. Depois saiu do carro.

Liz ficou no estacionamento sozinha. Ali estava o silêncio de novo. Ele cresceu e latejou até ela se mover de um jeito selvagem, enfiando a chave na ignição e dando ré ruidosamente. Ela dirigiu até o posto de gasolina, onde pegou um pacote de camisinhas, as bateu contra o balcão e desafiou o caixa a fazer um comentário.

Voltou para a clínica e, quando Kennie saiu, Liz lhe deu as camisinhas. Kennie encarou o pacote.

— Eu não posso — disse. — Pelo menos por um mês. Vou dizer para o Kyle que estou menstruada. — *Por um mês?*, Liz teve vontade de dizer. Mas não falou nada. — Só por precaução.

Kennie fechou o punho sobre as camisinhas. Enfiou-as na bolsa e não olhou para Liz.

E só então, quando era tarde demais, Liz se perguntou se tinha cometido um erro. *Calma*, ela queria dizer. *Você ainda tem o Kyle. Você tem a nós.*

Liz deixou Kennie em casa, observou-a se afastar do carro e começou a chorar. Chorou enquanto dirigia, e não se importou por não conseguir enxergar a rua.

Você ainda tem a mim.

Na minha opinião, a pior parte de ser esquecido é observar.

Eu a observei chorar. Havia lágrimas silenciosas e outras que mal caíam. Havia lágrimas que transbordavam dela em grandes soluços. Eu tentava pegá-las, mas todas escorregavam pelos meus dedos e caíam em torno dela, formando oceanos.

Eu a vi gravar seus erros em pedras, que se arranjaram ao redor dela e se tornaram um labirinto que ia até o céu. Como aprendeu com tão poucos dos erros, ela estava perdida. Como não tinha fé em nada, não tentava encontrar uma saída.

Eu a vi tentar enfrentar seus medos sozinha, orgulhosa demais para pedir ajuda, teimosa demais para admitir que estava com medo, pequena demais para combatê-los, cansada demais para escapar.

Eu observei Liz crescer.

Você ainda tem a mim.

CAPÍTULO SESSENTA E OITO
Um dia antes de Liz Emerson bater com o carro

Depois do almoço, elas tinham uma Assembleia Extra de Apoio.

O diretor estabelecera as AEAs (porque *era assim que se chamavam*) no ano anterior para "elevar o moral dos alunos", cuja falta se tornara a desculpa oficial para o fato de que os resultados dos testes da Meridian ainda não tinham conseguido alcançar os padrões estaduais. Ninguém reclamava porque aquilo significava aulas mais curtas e uma tarde inteira sem fazer nada.

Naquele dia, os professores queriam fazer uma competição de arremesso livre, e os Fazendeiros do Futuro dos Estados Unidos (um clube que Liz ridicularizava com frequência) fizeram uma arrecadação de fundos para sua viagem de primavera à Exposição Mundial de Laticínios (sério, eles facilitavam demais), deixando os alunos comprarem votos para eleger um professor para beijar um porco. Eles arrecadaram mais de dois mil dólares.

Liz se lembrou do motivo pelo qual gostava da escola antes. Era uma fuga de sua casa enorme e silenciosa. O colégio era sempre barulhento, lotado de gente diferente e irritante. No entanto, entre o segundo e o penúltimo ano do ensino médio, ela começou a querer fugir da escola também, porque agora os corredores estavam cheios de gente que ela tinha destruído.

A caminho do ginásio, viu Lauren Melbrook. Depois que ela, Julia e Kennie tinham escrito PUTA com spray no jardim dela, Lauren tinha meio que murchado. Liz sabia que antes ela fazia parte do grupo que usava casaquinhos da Ralph Lauren, mas claro que, depois que as fotos circularam pelo Facebook, ela se afastara das amigas. Havia rumores de que agora Lauren usava heroína, e, embora Liz soubesse que não devia acreditar muito em fofocas, Lauren estava de fato andando com um grupo de traficantezinhos.

Liz ocupou seu lugar na frente dos outros alunos que iam às festas certas, usavam as roupas certas e beijavam as pessoas certas, mas quando ia se sentando viu a barriga redonda de Sandra Garrison. Ela tinha engravidado mais ou menos um ano depois dos boatos de gravidez e aborto. Como todo mundo achava que já tinha ficado grávida uma vez, Sandra concluiu que não havia motivo para não corresponder às expectativas. Agora estava no último ano, mas não havia a menor chance de ir para a faculdade. Uma pena, pois ela tinha tudo para ser uma aluna brilhante.

E ali estava Justin Strayes, sentado sozinho no canto da arquibancada. Sua média tinha despencado depois do incidente dos cachorros farejadores de drogas, e agora ele estava prestes a repetir todas as matérias. Ele tinha sido votado como a pessoa com Mais Chances de Sucesso no final do oitavo ano.

Um aplauso veio da quadra do ginásio. O Sr. Eliezer tinha acabado de ganhar o concurso de lançamento livre. As garotas que estavam ao redor dela gritavam como loucas, porque o Sr. Eliezer era o professor mais novo da escola, um *gato*.

Kennie estava na quadra com a equipe de dança, Julia esperava para cantar com o restante do coral, e até Jake estava na lateral da quadra, esperando para fazer um discurso em nome do grêmio estudantil.

Liz se sentiu muito pequena depois de ver cada um deles. Todo mundo ao seu redor simplesmente explodia de talento. Menos Jake, talvez, que ela torcia, pelo bem da nação, para que nunca tivesse permissão de entrar para a política de verdade. Mesmo assim, até Jake era engraçado e quase inteligente. Quando amadurecesse um pouco, Liz achava que poderia fazer alguém feliz. Talvez.

Naquele momento, ela sentiu que estava rodeada de gente muito melhor do que ela jamais seria, e a única coisa em que era realmente boa era rebaixar aquelas pessoas até o seu próprio nível.

Uma parte dela não conseguia evitar a esperança de simplesmente não ter encontrado sua vocação ainda, então, quando a assembleia terminou e todo mundo foi para o estacionamento, Liz se esgueirou pela multidão e foi para a sala do orientador educacional.

No dia anterior, ela tinha aconselhado Julia a buscar ajuda. Aquela era sua chance de não ser hipócrita, e aceitá-la era seu dever para consigo mesma.

Liz relutou porque ela e seu orientador nutriam um ódio profundo e silencioso um pelo outro desde que ela tivera um chilique na sala dele no ano anterior, depois que ele tentara convencê-la de que ela não tinha o intelecto necessário para fazer aulas avançadas e se recusara a alterar seu horário para acomodar as aulas que ela queria fazer.

Mesmo assim, ela foi até o escritório do orientador e bateu na porta. Não tinha nada a perder. O Sr. Pinto (o nome do homem era a prova da estupidez dele; na opinião de Liz, um sujeito cujo sobrenome era Pinto deveria ter respeitado a si mesmo e não ido trabalhar em uma escola de ensino médio) estava sentado em sua cadeira, com a bunda saindo pelos dois lados, e foi com um pouco de dificuldade que se virou. Seu rosto ficou meio desanimado quando viu Liz, mas mesmo assim ele a convidou a entrar.

— Liz — disse com uma voz exageradamente alegre. — No que posso ajudá-la?

Ela hesitou. As palavras estavam ali (*eu preciso de ajuda*), mas sua língua não as retinha, seus pulmões não as impulsionavam.

— Estou com um problema — disse ela, enfim.

— Que tipo de problema? — perguntou ele, imediatamente alerta. — Quer mudar seus horários para o segundo semestre?

— Não — respondeu Liz, e então parou. Ela sabia que precisava contar a alguém que estava sufocando, mas não queria que esse alguém fosse o Sr. Pinto.

— Acho que posso estar meio deprimida — disse ela devagar.

— Ah — fez o Sr. Pinto em um tom nervoso. Ele ajeitou os óculos no nariz. Liz se perguntou se algum aluno já o tinha procurado para uma orientação de verdade. Sob qualquer outra circunstância, ela também não estaria ali. — Bom — disse ele. — Talvez você devesse ir a um psiquiatra, Liz. Não posso sugerir nenhum tratamento...

Você não pode fazer porra nenhuma.

— ... mas o que acha que a está desanimando, exatamente? Podemos conversar sobre isso se você quiser.

Liz cutucou as unhas. Seu esmalte estava lascando, e ela observou pequenos pedaços azuis com glitter flutuarem para sua calça jeans.

— Não sei — respondeu ela, enfim. — Acho que... acho que cometi muitos erros.

O Sr. Pinto se recostou na cadeira.

— Bom — disse ele. — Acho que isso pode ser uma coisa boa. Sabe, Liz, nós aprendemos com os nossos erros, e, quanto mais os cometemos, mais sabedoria adquirimos ao longo dos anos...

— É, tudo bem, não preciso dessa sua babaquice de autoajuda — disse Liz, e se odiou porque talvez, talvez o Sr. Pinto estivesse mesmo tentando ajudá-la. Ela simplesmente não sabia parar. Fazia tempo demais que estava no piloto automático.

A expressão do Sr. Pinto se contraiu.

— Então tudo bem, Liz. O que você quer que eu diga?

— Não sei — disparou ela. — Você não deveria saber o que dizer?

— Srta. Emerson, não posso ajudá-la se você não quiser ajuda. — Mas ela queria ajuda. Só não sabia como pedir, e tinha muito medo de que, de um jeito ou de outro, nenhuma ajuda adiantasse mais. O Sr. Pinto suspirou. – Sabe, Liz, eu também passei por um período sombrio na juventude. Sempre estive um pouco acima do peso... – Liz precisou de todo o seu autocontrole para ficar calada – ... e por um tempo tinha muita vergonha do que os outros achavam de mim. Mas eu *superei* isso – disse ele, inclinando-se para a frente. A cadeira estalou. – Comecei a ver que não importava o que os outros pensavam, que o que eu pensava era o mais importante... – *Ok*, pensou Liz. *Dane-se esse negócio de sete chances. Pode me matar agora.* – Lembre-se, Liz – continuou o Sr. Pinto. – Nunca é tarde demais para mudar. Todo dia é uma página em branco, e a sua história ainda não foi escrita.

Liz riu. Foi um som desesperado e esbaforido.

– Ah, eu acho que é tarde demais, Sr. Pinto.

Ele abriu um sorriso gentil para ela.

– Bom, Liz, você nunca vai mudar se não acreditar que vai mudar.

As palavras dele a atingiram fisicamente. Liz se forçou a sorrir e foi embora. Do lado de fora, já era quase noite, uma transição sombria que não era uma coisa nem outra. Ela atravessou o estacionamento correndo e, quando chegou ao carro, encostou a testa à lateral. Sua pele se grudou ao metal, e ao seu redor o céu escurecia.

– Bom – sussurrou ela. – Então acho que não consigo mudar.

CAPÍTULO SESSENTA E NOVE
O quarto visitante

O Sr. Eliezer enxergara seu brilhantismo de imediato, embora ela o suprimisse e escondesse. Liz fizera suficientes perguntas inteligentes entre as idiotas, e, mesmo no primeiro dia, ele tinha visto que ela podia ser uma aluna brilhante caso se esforçasse. Aquilo, ele havia descoberto, era a pior parte de ensinar: ver alunos desistindo antes mesmo de começar.

Ele tinha atormentado Liz mais do que a qualquer outro aluno, porque nunca vira uma garota tão cheia de potencial.

O Sr. Eliezer não fica muito tempo. Monica ainda está de guarda na porta. Ela relutou em deixá-lo sequer entrar para deixar seu cartão. Ele dá um sorriso abatido para Liz, como se ela pudesse ver, e sai.

O cartão diz: QUERIDA SRTA. EMERSON, VOCÊ JUROU SOLENEMENTE QUE AUMENTARIA SUAS NOTAS NA MINHA AULA, E ESSE JURAMENTO AINDA NÃO FOI CUMPRIDO. RECUPERE-SE.

CAPÍTULO SETENTA
Um passo à frente

Como nunca ia a festas, Liam se tornou viciado em cafeína em vez de outras coisas. O copo de café que Monica levou para ele tinha gosto de plástico, mas ele precisa de um refil ou vai desmaiar. O estresse o atingiu, e neste momento ele quer muito dormir, mas quer ainda mais esperar por Liz Emerson.

Liam adora hospitais. Sua mãe é enfermeira, e boa parte de sua infância foi passada em corredores estéreis. Aquele sempre foi um lugar de milagres, não de morte, e ele gostaria que continuasse assim.

Ele pergunta e uma enfermeira diz que há um café no quinto andar, mas ao entrar no elevador Liam aperta sem querer o botão do quarto andar. Suspira e esfrega o rosto, mais irritado do que deveria porque o elevador vai parar no quarto andar, mas não há nada que ele possa fazer. Aperta o botão certo, encosta-se à parede e fecha os olhos.

Chega a dormir assim por um segundo, de pé e com os braços cruzados. Então o elevador se abre no quarto andar, e soluços o tiram abruptamente de seu alheamento momentâneo.

Ele se surpreende. Quando acorda por completo, as portas do elevador já estão se fechando. Ele as bloqueia com o braço e vai em direção à garota curvada em um canto do corredor.

Liam olha para Kennie. Ele hesita, mas depois de um instante pigarreia.

— Julia? — É uma coisinha desesperada, sua voz, e cética. Ela deve saber que não é a Julia. *Nem ela é tão idiota*, pensa ele enquanto se agacha ao lado dela. — Jules, ela está melhor?

— Ela foi transferida para um quarto — diz Liam. — Então, sim.

Ela ergue a cabeça de repente, e Liam olha de fato para Kennie pela primeira vez. A verdade é que ele sempre pensou em Kennie como uma Barbie vulgar e estereotipada, ainda mais burra do que a boneca. Porque foi o que lhe disseram.

Agora olha as linhas de maquiagem em suas bochechas e a garota destruída aprisionada nos olhos dela e percebe que ele é um idiota.

De repente, percebe que todos os seres humanos são... *humanos*.

— Você não é a Julia — diz ela.

— Não — concorda ele.

Ela funga.

— Liam, não é?

Ali está. Diante de seus olhos, Kennie volta a ser a garota que todos esperam que seja, levemente burra e levemente acima dos outros, porque é isso o que a tornaram.

Liam decide deixar para lá. Kennie está perdida e apavorada. Ele não vai deixá-la sozinha também.

Todo mundo usa máscaras, conclui Liam. Ele não é diferente.

Oferece a mão a ela.

— Venha. Você quer vê-la? — indaga ele.

Kennie hesita.

Mas, por fim, ela segura a mão dele.

CAPÍTULO SETENTA E UM
Na noite anterior à batida de Liz Emerson

*L*iz se sentou em seu closet e chorou. Chorou, chorou, odiou o mundo e chorou e, quando parou, estava vazia. Porque não havia ninguém para odiar além dela mesma.

Ah, ainda estava furiosa com os outros, por motivos que ela sabia serem errados. Estava furiosa com a mãe por não se importar, estava furiosa com Julia por não ser forte o bastante, estava furiosa com Kennie por ser tão idiota, estava furiosa com Liam por ter lhe deixado destruir sua vida, estava furiosa com Jake por ser um babaca e estava furiosa com todas as pessoas que já tinha magoado porque elas ficaram ali paradas e permitiram, permitiram que ela as atropelasse até não haver mais nada em seu caminho.

Sentada no closet, pensou que aquela era a última vez que se sentaria em seu closet. Era um pensamento estranho. Enfiou as pontas dos dedos no carpete, encostou a cabeça na parede e pensou *nunca mais*. Não havia como voltar atrás. Na manhã seguinte, ela iria para a escola e enfrentaria um último dia, apenas um, olharia em volta e tudo seria exatamente igual, as pessoas a tratariam do mesmo jeito de sempre. Elas falariam, ririam, reclamariam do dever de casa e debochariam dos professores, e só ela saberia que não havia futuro. No dia seguinte, tudo, tudo terminaria.

E ela ficou surpresa ao perceber como estava desesperada por isso.

Pegou seu telefone e procurou "sinais de suicídio" no Google.

Tristeza profunda.

Perda de interesse/afastamento.

Dificuldade de dormir ou comer.

Ter um "desejo de morte", correr riscos desnecessários como dirigir acima do limite de velocidade, furar sinais vermelhos etc., ser excessivamente irresponsável.

Uso cada vez maior de álcool e drogas.

Mudanças de humor.

Ah, tá.

Ninguém percebeu?

Qual é. Dificuldade para dormir... que ironia.

Na boa.

Sério?

Sua determinação passou de cimento para aço. Porque ninguém tinha percebido. Nada.

A seção abaixo dava dicas para superar a depressão e os pensamentos suicidas. Liz não as leu.

Não havia possibilidade de melhora.

Não para ela.

CAPÍTULO SETENTA E DOIS
O dia em que Liz Emerson bateu com o carro

Ela tentou aproveitar. Tentou dizer a si mesma que ainda tinha essa última chance, essas últimas horas para encontrar uma razão para viver, mas estava entorpecida. Queria que acabasse.

Viu Julia rindo antes da aula de política, mas havia sombras sob seus olhos e um tremor em seus dedos. Viu Kennie dançando pelo corredor, mas havia algo forçado em sua risada. Assistiu à aula de física na qual o Sr. Eliezer revisou as Leis de Newton para a prova, mas não entendeu muita coisa e pensou: *Não importa.*

Quando eu bater, serei inércia massa aceleração força gravidade oposta igual tudo.

Eu serei nada.

Quando o último sinal tocou, o Sr. Eliezer a segurou depois da aula para perguntar por que ainda não havia entregado o trabalho de física. Ela não disse muita coisa, mas mesmo assim os corredores estavam praticamente vazios quando ele a deixou ir. Ela colocou os livros na mochila e tirou as chaves da bolsa. Enquanto descia e ia para as portas, viu algo que a fez parar.

Era Kennie. Ela tinha colocado o uniforme de dança. Sua testa estava apoiada ao armário, seus braços envolviam a barriga, e, mesmo de onde Liz estava, dava para ver que ela estava chorando.

Liz saiu, ligou o carro e dirigiu até o posto de gasolina. Encheu o tanque com combustível suficiente para levá-la até seu destino e depois virou na direção da interestadual.

CAPÍTULO SETENTA E TRÊS
Sete minutos antes de Liz Emerson bater com o carro

Ela finalmente entendeu que ela, Liz Emerson, era a reação igual e oposta. Ela era a consequência.

Pisou no acelerador.

CAPÍTULO SETENTA E QUATRO
O quinto visitante

Liam deixa Kennie ao lado da porta aberta de Liz, e Kennie entra devagar. A luz é fraca. As mãos de Liz estão ao lado do corpo, e ela usa uma bata hospitalar horrorosa, e é assim que Kennie sempre imaginou corpos dentro de um caixão.

Kennie se senta ao lado da cama e faz o que sabe fazer melhor. Fala.

– Então – diz. – Eu estava lá em cima na ala da maternidade. Eles são tão fofos. Os bebês, quer dizer. Sabe, eu sempre quis uma irmã. Tipo, teve um Natal, quando eu tinha quatro anos, que escrevi para o Papai Noel e pedi para ele trocar o Daniel por uma irmã mais velha. Irmãos são meio inúteis, sabe? Não dá para pegar vestidos, sapatos nem nada emprestado com eles.

Kennie para. O silêncio enche seus olhos de lágrimas. Mas ela não é apenas a amiga pequena, superficial, estúpida, animada e saltitante de Liz, com um talento imenso para chorar. Naquele momento, prova isso para si mesma.

– É. Bom, a Jules está com o seu dever de casa de matemática. Eu teria anotado a matéria de química para você, mas ninguém anotou nada. Pelo menos foi isso que a Jessica Harley falou. Eu matei aula. Soube que todo mundo ficou meio que sentado lá. Você ia odiar. Quer dizer, se você estivesse lá a gente provavelmente não teria que ficar sentado o dia inteiro... deixa para lá. Você precisa melhorar logo, senão o rosto do Jake vai sarar e você não vai ver o olho roxo dele. Está fantástico. A Julia bateu nele com muita força. Ele chegou a cair para trás. Talvez você possa deixar o outro olho dele roxo. Ah, meu Deus, seria sensacional! Ele ficaria igual a um panda! Ei, por falar nisso, vocês dois ainda estão juntos? Ele disse que vocês brigaram ou algo assim. Ninguém sabe o que está acontecendo, Liz. Espero que vocês tenham terminado. Espero que você não volte com ele. Liz, você é boa demais para ele.

Kennie faz uma pausa, olha para a porta e então lança um olhar conspiratório a Liz. É o que ela teria feito se Liz estivesse acordada, mas é desconcertante, a imobilidade de Liz, seus olhos fechados. Kennie se obriga a seguir em frente, mas o caroço em sua garganta transforma sua voz em algo pouco familiar.

— Sabe o Liam? Quer dizer, eu sei que ele é meio nerd, e que a gente foi muito escrota com ele no primeiro ano. Mas até que ele é gatinho, você não acha? Ele tem olhos bonitos. E, tudo bem... ele é super a fim de você, Liz. Ele observa você, tipo, o tempo todo na escola. Não acredito que você nunca percebeu. É muito fofo, nem um pouco bizarro. Talvez *observa* não seja a palavra certa, então. Mas ele presta atenção, Liz. E ele, tipo, também é inteligente. Lembra quando ele ganhou o concurso de soletração no quarto ano? Ah, você ainda não estava aqui. Bom, ele ganhou o concurso de soletração no quarto ano. Vocês formariam um casal incrível. Só estou falando por falar. Você precisa melhorar logo para poder ficar com ele e contar para a gente, ok?

É quando a voz dela falha. A rachadura se inicia na garganta e se espalha por todo o seu corpo, e o controle de Kennie sobre si mesma começa a enfraquecer.

— Você precisa melhorar logo — diz ela. — Liz, volte. Vamos consertar o seu carro. Podemos anotar todas as matérias, guardar o dever de casa e essas coisas para você. Vamos consertar tudo, ok?

Ela engole em seco. Encosta a bochecha contra a barra da cama, olha para o rosto de Liz e sussurra:

— Desculpe por estar tão zangada com você. Eu sei que não foi culpa sua, com o... o bebê. Eu... eu vou terminar com o Kyle. E a Julia... não sei se ela já contou, mas ela me disse mais cedo que se você melhorasse ela ia contar para alguém. Uma pessoa de reabilitação ou coisa assim. Liz, vai ficar tudo bem. Vai ficar tudo bem.

Kennie pisca o mais rápido que os cílios pegajosos de rímel permitem. Enxuga os olhos com as costas da mão.

— Desculpe. Eu não estou chorando. Não estou chorando. Tudo bem, você se lembra do final do, tipo, sétimo ano, quando eu comprei aqueles anéis iguais ridículos para a gente, e juramos ser amigas para sempre? Eu ainda tenho o meu, sabe. E a Julia tem o dela. E eu sei que o seu está no fundo da sua caixa de joias. Eu o vi lá quando peguei aquele colar emprestado para o baile de boas-vindas. Ah, ele ainda está comigo, por falar nisso. Você tem que me lembrar de devolver. Enfim... Liz, para sempre significa, tipo, *para sempre*. Ou seja, você não pode simplesmente deixar a gente para trás. Liz...

Um pequeno soluço se forma em sua garganta e se aloja ali, e ela precisa de todas as suas forças para dizer as palavras seguintes.

— Liz, você precisa sair dessa. Precisa. Você não pode deixar a gente para trás. A gente... a gente não vai conseguir sem você. Meu Deus, Liz. Por favor.

Então Kennie começa a chorar, porque ninguém é forte o bastante para conter tantas lágrimas.

CAPÍTULO SETENTA E CINCO
A pior parte

Liz não teve a oportunidade de se despedir.

Naquele dia, Julia foi embora enquanto Liz ainda estava conversando com o Sr. Eliezer. A última vez que Liz a viu foi no corredor. Estava indo para a aula de espanhol, e Julia ia para o ginásio. Julia não a vira, estava ocupada demais tentando prender seu cabelo ridiculamente comprido em um coque, e parte de Liz sabia que aquela seria a última vez. Elas não tinham outra aula juntas, nem nenhuma outra aula que faria seus caminhos se cruzarem, então, quando viu Julia, ela parou no meio do corredor e simplesmente observou, tentando imprimir aquele momento na memória, por mais que suas lembranças fossem deixar de existir em questão de horas.

Mais tarde, ao ver Kennie chorando em seu armário, Liz quisera tanto ir lá e abraçá-la. Mas sabia que deixaria escapar alguma coisa. Kennie a conhecia bem demais. Ia desconfiar. Então Liz tinha virado as costas e ido embora.

Sua mãe, claro, estava em um voo de volta para casa, mas, mesmo assim, Liz ligou para ela quando saía do estacionamento. A ligação foi direto para a caixa postal, mas ela ouviu a voz da mãe uma última vez. Queria pedir desculpas. Tinha muito pelo que se desculpar. Mas acabou desligando.

No fim das contas, tomou apenas um desvio. A caminho do local da batida, a vinte minutos do fim, Liz pegou uma saída e dirigiu até o parque estadual.

Não saiu do carro, apenas olhou a ponta da torre pitoresca que aparecia acima das árvores. Pensou em todos os pedidos que tinha feito ali. Pensou em seu pai apostando corrida com ela até o topo, deixando-a ganhar. Lembrou-se de como já amara o céu, e finalmente disse aquelas duas palavrinhas que lutavam havia tanto tempo para ganhar o ar.

– Sinto muito.

CAPÍTULO SETENTA E SEIS
E aí as coisas desmoronam

Kennie ainda está lá quando os bipes começam.

Logo há médicos e enfermeiras entrando às pressas no quarto, dizendo coisas que Kennie não entende. Ela soluça porque algo terrível está acontecendo e ela não sabe o que é.

A enfermeira dos dinossauros cor-de-rosa pega sua mão e a tira do caminho.

– O que está acontecendo? – soluça Kennie, histérica. – O que foi?

A enfermeira abraça Kennie e diz:

– Ah, querida. O coração dela está falhando de novo. A... a situação não é boa.

– Não – chora Kennie, lutando para se soltar da enfermeira. – Não é verdade. Liz! – grita ela. – Liz, você não vai fazer uma merda dessa com a gente. *Você vai sair desta.* Liz. *Liz!*

CAPÍTULO SETENTA E SETE
Dois minutos antes de Liz Emerson bater com o carro

*E*la se lembrou de mim.

Ela se lembrou da menina que um dia fora, aquela que acreditava em mágica, amor e heróis, aquela que fazia funerais para minhocas que encontrava secas na entrada da casa. Ela se lembrou de uma época em que era feliz e o mundo era luminoso, e se lembrou da amiga imaginária que um dia tivera.

Como era o fim mesmo, ela imaginou que eu estava no banco do carona. Imaginou que minha mão estava sobre a dela, quente sobre sua mão fria, que a mantinha firme.

Nos últimos momentos, ela não estava sozinha.

CAPÍTULO SETENTA E OITO
Vozes

— Alguém ligue para o Dr. Sampson, diga a ele que o pulso está instável...

— O que aconteceu? Ela estava bem há um segundo...

— Bom, agora ela não está. Tragam aquele sangue... ele deve ter deixado alguma coisa passar, tem uma hemorragia em algum lugar...

— Ah, pelo amor de Deus, tirem-na daqui!

Alguém pega Kennie pelos braços e a arrasta para fora.

CAPÍTULO SETENTA E NOVE
A batida

Pela última vez, Liz Emerson desejou voar. Não havia flocos de neve ou sementes de dente-de-leão desta vez, mas, quando fechou os olhos e virou o volante, ela fez seu pedido.

Não voou.

Caiu.

Pensou *Olá, gravidade* e tentou abrir os braços para ser pega por ela.

Olá, adeus.

Mas o mundo não sumiu por completo.

CAPÍTULO OITENTA
Silêncio

— *O* que está acontecendo? — Monica se levantou depressa da cadeira, e tudo se agita quando três enfermeiros arrastam Kennie para a sala de espera. Julia ergue o rosto. Seu coração afunda no peito.

Um dos enfermeiros puxa Monica de lado e lhe diz o que aconteceu. O resto da sala fica quieta, observando, e quando veem o rosto de Monica se contrair, eles se abraçam, pegam lenços e começam a chorar.

Menos Kennie. Kennie vai até Julia e segura a mão dela com toda a força.

CAPÍTULO OITENTA E UM
Antes de tudo se apagar

O Sr. Eliezer concluiu sua revisão das Leis de Newton assim:

— Tudo bem. Lembrem-se, todas as leis de Newton são sobre a teoria do movimento. Nesta aula, presumimos que atrito, resistência do ar e todos os outros fatores são insignificantes, mas raramente as leis de Newton podem ser aplicadas ao mundo real. As coisas não são assim tão simples.

Quando a turma mais uma vez expressou sua indignação por estar estudando algo que sequer tinha uma aplicação prática, o Sr. Eliezer sorriu e disse:

— A vida é mais que causa e efeito.

As coisas não eram tão simples assim.
Naquele momento, tudo *se encaixou*.
E Liz Emerson fechou os olhos.

CAPÍTULO OITENTA E DOIS
Na sala de espera outra vez

Os enfermeiros voltam correndo para o quarto de Liz. Monica se aproxima e abraça Kennie, e Julia segura sua mão como se nunca fosse largá-la.

O resto das pessoas observa. Espera um final. Espera por um mundo no qual Liz Emerson não exista.

Jake Derrick está sentado em silêncio em um canto, com a cabeça entre as mãos. Claro, ele está sentado assim desde que a enfermeira bonita foi embora e as pessoas começaram a apontar para seu olho roxo, mas sua cabeça baixou um pouco mais quando a notícia sobre Liz chegou.

Matthew Derringer vai lá para fora e encomenda novamente as flores que cancelou mais cedo.

Liam está sentado imóvel enquanto o vapor sobe de seu café.

Então, de repente, Kennie ergue a cabeça. Seu cabelo está bagunçado e embaraçado ao redor dos ombros, suas bochechas estão pretas de rímel, seus olhos estão vermelhos. Ela esquadrinha a sala, encontra Liam e diz seu nome.

Liam vira a cabeça cautelosamente enquanto a sala inteira o observa.

Kennie não desvia os olhos.

Após uma pequena eternidade, Liam se levanta devagar. Dá passos leves e cautelosos em direção a Kennie e, por um instante, olha só para ela, essa garota pequena que tem o potencial de ser tão cruel, mas guarda tanta tristeza quanto ele.

Ele pega a mão dela.

Julia pega sua outra mão. Ele olha para ela, e ela consegue dar um sorriso bem acanhado em meio às lágrimas. Monica o olha de um jeito que o faz esquecer como é estranho estar de mãos dadas com duas das garotas mais populares de seu ano.

Eles ficam ali naquele círculo fechado e bizarro, todos pensando a mesma coisa.

Se ela estiver determinada a sair desta, ela vai sair.

EPÍLOGO

Estou sentada atrás do sofá marrom onde ela me deixou, segurando fotos.

Ela, fingindo voar, com os braços abertos enquanto corre pelo parque, segurando a minha mão. O pó de fada que jogou sobre mim ergue meus pés levemente do chão.

Ela, fazendo anjos de neve. Dois deles, para podermos deitar lado a lado, tocando nossas asas.

Ela, correndo atrás de mim pelo quintal, com a grama do verão quente sob nossos pés descalços.

Ela, esquecendo.

Eu, observando todos os anos passarem.

Então o silêncio da imensa casa é quebrado pelo barulho de pneus de carro parando na entrada da garagem. Ouço a porta da garagem se abrir com um zumbido mecânico, e depois uma fechadura se virando.

– Cuidado – diz Monica. – Olhe as muletas.

A resposta é automática.

– Eu estou bem, mãe.

Há uma pausa, um breve silêncio.

Então Monica diz:

– Querida. Você precisa de ajuda?

Outra pausa.

Então, em uma voz muito, muito baixa, Liz Emerson diz uma palavra:

– Sim.

AGRADECIMENTOS

O brigada principalmente a minha editora, Virginia Duncan, por tornar realidade todos os meus sonhos mais loucos. A Preeti Chhibber, Gina Rizzo, Tim Smith e toda a equipe da Greenwillow, cuja dedicação e entusiasmo por este livro parecem não acabar nunca. A Emily Keyes, por ser minha agente, fada madrinha, terapeuta, amiga e tudo o mais. A Matt Roeser, pela capa maravilhosa – ainda não consigo parar de olhar para ela. A Mark O'Brien, John Hansen, Ari Susu-Mago e Olivia Jones pela conversa da mala e tudo o que se seguiu. Para todos os professores maravilhosos da minha vida: Josh Loppnow, Addie Degenhardt, Debra Kelly e sobretudo Justin "Danger" Moore, cujo trabalho sobre o monomito acabou se tornando este livro. A meus amigos, especialmente Elodie Huston, Lexi Arenz e Megan Kapellen, por me tornarem uma pessoa melhor. E a minha família, é claro, por sempre acreditar que eu podia fazer qualquer coisa.

Impressão e Acabamento:
LIS GRÁFICA E EDITORA LTDA.